KB195401

내가 매일 기쁘게

내가 매일 기쁘게

발행일	2024년 11월 15일		
지은이	이기동		
펴낸이	손형국		
펴낸곳	(주)북랩		
편집인	선일영	편집	김은수, 배진용, 김현아, 김다빈, 김부경
디자인	이현수, 김민하, 임진형, 안유경, 최성경	제작	박기성, 구성우, 이창영, 배상진
마케팅	김회란, 박진관		
출판등록	2004. 12. 1(제2012-000051호)		
주소	서울특별시 금천구 가산디지털 1로 168, 우림라이온스밸리 B동 B111호, B113~115호		
홈페이지	www.book.co.kr		
전화번호	(02)2026-5777	팩스	(02)3159-9637

ISBN	979-11-7224-361-6 03810 (종이책)	979-11-7224-362-3 05810 (전자책)

(주)북랩 성공출판의 파트너

북랩 홈페이지와 패밀리 사이트에서 다양한 출판 솔루션을 만나 보세요!

홈페이지 book.co.kr • **블로그** blog.naver.com/essaybook • **출판문의** text@book.co.kr

---

작가 연락처 문의 ▸ ask.book.co.kr

작가 연락처는 개인정보이므로 북랩에서 알려드릴 수 없습니다.

매일 한 편씩 묵상하는

내가 매일 기쁘게

이기동 묵상집

북랩

그날 밤, 골고다

태초에 빛이 흑암 속에 묻혀버린 오후

일찍 시작된 밤으로

피 - 땀 - 눈물

바짝 말라 엉켜 더 이상

흐느낌도 없는 고요함

죄 있음이 죄 없음을 모르는 무지(無知)의 소란함도

판 자와 산 자의 입다뭄에 담겨 닫혀지고

어찌 할 수 없는 양떼들 흩어져

소리없이 우는데

감람의 결사적 기도는 가야 할 길만 알려 주셨네

찢겨진 휘장 사이로 내민

진분홍이 흰눈되어 밤을 밝히는데

더 이상 나아갈 수 없는 어둠의 경계선

다듬지 않은 나무이기를 거부한 십자가는

내가 지고 가야 할 삶의 무게

목적지 도착을 알리는 승천의 예고는

다·이·루·었·다

주신 새로운 빛의 시작인 것을.

한국기독교문화예술총연합회 주최
제3회 신앙시 공모 특별상 수상작
〈1999. 6. 4〉

이 〈내가 매일 기쁘게〉 시편의 글들은 2013년을 시작하며 묵상하
고 기록했던 내용들로 10여 년에 걸쳐 수차례 묵상하고 고치며 정
리하여 모아온 영혼의 편린(片鱗)입니다.
매일 한 편씩 묵상하고 간략하게 신앙고백 및 감사의 내용을 기록
할 수 있도록 하였습니다.

살아있는 동안 육신의 호흡도 필요하지만
영혼의 호흡도 필요합니다.

사람은 누구나 매일 음식을 먹습니다.
육신의 건강을 위하여 매일 음식을 먹듯이
영혼의 건강을 위해 매일 〈내가 매일 기쁘게〉 시편을 통하여
영적 건강함이 풍성하게 되기를 소망합니다.

소중한 분을 만나기 위해서는 일찍부터 많은 준비를 합니다.
마음가짐은 물론 외부 치장도 정성껏 합니다.
우리 삶에 주인이 되시는 예수님을 만나기 위해서도
매일매일 끊임없는 영혼의 준비가 필요합니다.

예수님을 만난다는 것은 예수님과 영혼으로 하나가 되는 것입니다.

그 하나가 되는 연결고리가 필요합니다.
그 연결고리는 이 〈내가 매일 기쁘게〉 시편을 통하여
매일매일 단단해 지리라 믿습니다.
험난한 시대를 살아가는 믿음의 형제 자매들과 함께
〈내가 매일 기쁘게〉 시편을 통해 영혼의 기쁨이 넘치기를 기도합
니다.

366편의 영혼의 시(詩)들은 제목이 다르고, 성경구절도 다릅
니다.
〈내가 매일 기쁘게〉 시편을 통하여 매일매일 순간순간
영혼의 아름다움을 풍성히 간직하기를 바랍니다.

영혼의 아름다움을 위한
삶을 살아가고자 애쓰는 이기동

목차

1월

2월

3월

4월

5월

6월

7월

8월

9월

10월

11월

12월

1월

—

태초에 하나님이 천지를 창조하시니라.

(창세기 1:1)

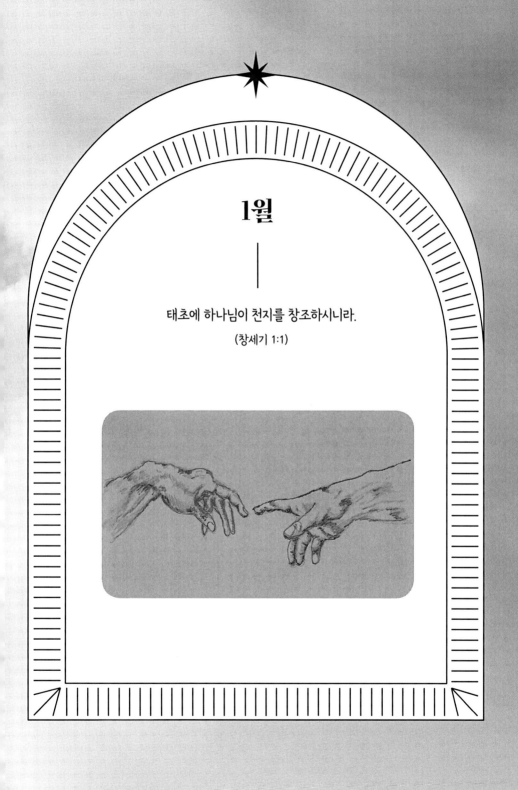

마음 가운데

세상을 향해 수(繡) 놓아진 삶
욕망에 물든 내 마음
세상의 간절함과 욕망을 내려놓으라는
주님의 음성
그 부르심에 머뭇거리는 순간
거룩을 위해 주저하지 말라는
은총의 빛이 내 중심에 비춘다
내 속에 가득 찬 나를
온전히 내려놓고
나의 모든 것 전부 내려놓을 때
은혜의 자리로 나를 이끄시는 주님
나의 마음 가운데 변함없이
늘 계시는 주님.

즐거운 마음은 얼굴을 환하게 하여도 근심을 가진 마음은 영혼을 상하게 한다.
(잠언 15:13)

✤ 묵상 쓰기

모르는 길

어디로 가야 하나
무슨 일을 먼저 해야 하나
나를 흔드는 많은 일들이
갈 바를 알지 못하게 흔든다
염려를 버리고
생각도 맡기고
주님께 가장 가까이 갈 때
말씀으로 열어
내 마음에 비추시며 쏟으시는 빛
말로 표현할 수 없는
격정의 무지개는
나의 기쁨
주님의 사랑이어라.

사람의 발걸음은 주님으로 말미암은 것이니 사람이 어찌 자기의 길을 알 수 있으랴. (잠언 20:24)

❖ 묵상 쓰기

스며드는 어둠

불현듯
일상을 두드리는 염려
스며드는 어둠을 보며
말씀을 펼친다
깊고 오묘한 진리 가운데
나를 꺼내어 나를 본다
이때
내 안에 뜨거움이 임한다
순수함으로 나아가려는 몸부림
깨달음을 주시는
놀라운 환희와 자유
살아 역사하는 생명의 말씀
흔들림 잠 재우고
스며드는 차가움은 물리친다.

우리 모두는 빛의 자녀이며 낮의 자녀입니다.
우리는 밤에나 어둠에 속한 사람이 아닙니다. (데살로니가전서 5:5)

❖ 묵상 쓰기

주님 앞에

내가 원하는 것 할 수 없을 때
주님이 원하는 것 무엇인지
그 인도하심을 받고자
주님보다 앞서 달리지 않겠습니다
내게 아주 작고 작은 의심이라도 생기면
주님께서 인도하심이 아님을 알고
그 자리에 멈추겠습니다
주님이 모든 것 드러낼 때까지
기다리며
기대하며
기도합니다
주님의 역사하심을 믿고
주님 앞에 무릎 꿇고
두 손 모아 간절히.

**구하는 사람마다 받을 것이요, 찾는 사람마다 찾을 것이요,
문을 두드리는 사람에게 열어 주실 것이다. (누가복음 11:10)**

✤ 묵상 쓰기

나 없이 주님께

나를 따라오라
주님 말씀 하실 때
주님 외에는 아무 것도 관심이 없습니다
따라오라는 말씀에는
신비함이 아닌
순결한 부르심입니다
내가 죽어야 따라갈 수 있기에
성령님만 의지할 때 일어설 수 있기에
세상을 향했던 몸과 마음을 내려놓고
나 없이
오직 주님께.

**나는 마음이 온유하고 겸손하니, 내 멍에를 메고 나한테 배워라.
그리하면 너희는 마음에 쉼을 얻을 것이다. (마태복음 11:29)**

✚ 묵상 쓰기

예배

모든 것 주신 주님께

다시 드리며

고백하는 시간

좋은 것 모두 받았으니

최선의 것으로 드리옵니다

부어주신 신령한 축복들을

다른 사람들에게

또 다른 축복으로

번져 나갈 때

예배는 완성됩니다

매일 매일 주님과

친밀한 시간을 가질 때

주님 주시는 예배의 장막에는

성령 충만의 벅찬 감격이 넘치며

주님과 하나가 됩니다.

하나님은 영이시니 그분에게 예배를 드리는 사람은 영과 진리로 예배를 드려야 한다. (요한복음 4:24)

✤ 묵상 쓰기

친밀감

나를 친구로 삼아주신 주님
진정한 우정은
생각과 마음과 영(靈)이 같아지는 것
주님과 하나가 되는 것
그래야 제자의 삶이 되는 것
이러한 친밀감이 진정 열매맺는 삶이며
결코 외롭지 않은 삶이리라
주님 주시는 형언할 수 없는 친밀감
샬롬의 은혜가 영원히 함께 하리라.

이제부터는 내가 너희를 종이라고 부르지 않겠다.
종은 그의 주인이 무엇을 하는지 알지 못한다.
나는 너희를 친구라고 불렀다. (요한복음 15:15)

✤ 묵상 쓰기

화목(和睦) 제물

세상의 삶을 위해
우리의 모든 것을
포기하기를 주님은 원치 않으신다
다만 주님과 함께하는 삶을 위해
모든 것을 포기하라고 하신다
이럴 때 우리는 주님과 하나된다
주님의 부활하심과 하나가 된다
그러면 주님과 바른 관계 속에서
우리의 삶은 화목제물이 되어
구원과 거룩함 속에서
모든 능력이
오직 주님께 사용되는
산 제사의 기쁨 누리리라.

그리스도 예수 안에서 얻은 구원으로 말미암아,
하나님의 은혜로 값없이 의롭다 함을 얻었습니다. (로마서 3:24)

✤ 묵상 쓰기

보호하심

죄로 인해 존재가 둔해지고
의식은 몽롱하여
더 깊은
죄의 길로 들어가려고 한다
죄로 이기고 정결함을 얻기 위해
성령님이 주시는 생각으로 채워야 한다
그래야 우리의 영과 혼과 육이
정결하게 유지되어
주님 다시 오실 그 날까지
성령의 거룩함으로 보호받으리라
우리는 늘
주님께 사로 잡힌 바 될 때
위대한 진리의 빛 가운데 있을 것이다.

**하나님께서는 또한 우리를 자기의 것이라는 표로 인치시고,
그 보증으로 성령을 우리 마음에 주셨습니다. (고린도후서 1:22)**

♣ 묵상 쓰기

눈을 떠라

죄악을 용서하였노라
눈을 떠라
성령의 체험을 받아라
눈을 떠라
어둠에서 빛으로 돌아서야 하리라
눈을 떠라
결심에 머물러서는 열매가 없느니라
눈을 떠라
주님의 권세로 인해 구원을 얻었노라
눈을 떠라
모든 권리를 주께 맡기라
거룩함을 입었노라
주님을 늘 바라보라.

믿음의 창시자시며 온전하게 하시는 주님을 바라봅시다. (히브리서 12:2)

✤ 묵상 쓰기

순종의 기쁨

감당해야 할 것을 하지 않을때
영적 침체가 문을 두드립니다
주님을 향한 순종은
희생이 요구되며
또 다른 사람에게도 희생을 치르게 됩니다
그렇다고 불순종의 길을 갈 수는 없습니다
불순종으로 불편함은 잠시 피할 수 있겠지만
우리는 근심덩어리가 됩니다
순종으로 인한 부담은
거룩한 부담으로 주님께서 같이하실 것입니다
주님을 향한 순종은 조건이 없으며
어떤 요구를 해서도 안 됩니다
주님과 더불어 순종의 자리에 서면
참된 기쁨을 누릴 수 있습니다.

내 말을 듣고 그대로 행하는 사람은 반석(盤石) 위에다 자기 집을 지은 슬기로운 사람과 같다. (마태복음 7:24)

♣ 묵상 쓰기

주님과 단둘이

주님, 저를 만져 주세요
성품이 모자라고 연약한 저를 만져 주세요
다른 사람의 연약함을 보면서
나의 연약함을 깨닫지 못합니다
내가 나를 이해한다는
가볍고 헛된 생각을 버리게 해 주세요
주님을 속이는 것은 영적인 삶에서
가장 큰 저주입니다
"나는 쓸모 없어요"라는 말조차
주님 앞에 꺼낼 수 없습니다
내가 주님 앞에 아무것도 아님을 알고
주님께 고백할 때
주님은 같이하셔서
차근차근 말씀해 주시겠지요
주님과 단 둘이.

하나님은 우리의 피난처시며, 힘이시며, 어려울 때마다.
우리 곁에 계시는 구원자시다. (시편 46:1)

✤ 묵상 쓰기

나 홀로

주님과 떨어져
세상이 주는 슬픔, 실망, 환난, 실연으로
나 홀로 있을 때
주님께 아뢸 수 없는
당혹감이 뒤덮습니다
무지와 아집이 가득찬 마음에는
주님이 들어오실 공간이 없습니다
나를 버리고
주님이 들어오실 공간을 만들때
깨달아지는 은혜
주님은 나를 홀로 두시지 않으셨고
늘 같이 계셨습니다
주님과 단둘이 있을 때까지
주님은 변함없이 조용히
늘 그 자리에 계셨습니다.

내가 편히 눕거나 잠드는 것도 주님께서 나를 평안히 쉬게 하여 주시기 때문입니다. (시편 4:8)

♣ 묵상 쓰기

부르심

깨어 있는 영혼
영혼의 아름다움 속에서
들을 수 있는 귀가 있는 자만이
주님의 음성을 들을 수 있습니다
무엇을 듣게 될지는
오직 나에게 달려있습니다
"나를 따라오라"
부르시는 주님의 음성은
늘 깨어있는 영혼에게만 들립니다
"나를 보내소서"
부르심에 대한 순종은
온전한 자유함 가운데 일어나는
나의 고백입니다.

> 너희가 기쁜 마음으로 순종하면 땅에서 나는 가장 좋은 소산(所産)을 먹을 것이다. (이사야서 1:19)

✤ 묵상 쓰기

내가 보는 내 무덤

주님의 거룩한 뜻을
깨닫지 못하는 것은
세파에 물든 나의 무덤 때문입니다
나의 모든 것이 묻혀있는
죽은 척하는 나의 무덤입니다
주님이 모든 걸 내어 주시고
주님이 다시 사셨는데
아직 욕망에 꿈틀대는
나의 무덤입니다
무덤은 죽음의 노력으로 만들어지지 않습니다
오직 주님의 다시 사심과 하나 되어
거듭남으로 다시 죽는 것입니다
지금도 나의 무덤을 바라보며
새롭게 거듭나려는 몸부림이 있습니다.

나는 의로운 중에 주님을 뵈오며 깨어나서 주님과 함께 있는 것만으로도 만족
합니다. (시편 17:15)

✤ 묵상 쓰기

내 음성만 듣는 나의 귀

내 생각으로 가득찬
내 안에서는
내 음성만이 요동을 칩니다
엄청난 위기가 와도
내 음성만을 들으려 합니다
내 음성만을 들으려는 귀가 있기에
주님의 음성을 듣지 못합니다
내가 좋아하는 것과
내 성격에 맞는 것만 따라가면
주님의 음성은 들리지 않습니다
주님이 부르시는 주파수에 맞출 때
주님의 음성이 들립니다
그 부르심의 채널에
세상의 나의 모든 것을 맞춰놓고
주님의 음성에 따라 나아갑니다.

주님께서 우리의 발걸음을 정하시고 우리가 걷는 길을 기뻐하시니. (시편 37:23)

✛ 묵상 쓰기

봉사

주님께

나를 드리는 것은 무슨 의미일까?

나의 수고만을 드러내는 봉사는 봉사가 아니며

부르심이 아니다

내가 주님의 속성(屬性)을 접하게 될 때

나는 주님을 위한 내 삶을 깨닫게 된다

내가 주님의 속성을 받고

부르심을 들을 때

내 속에 임한 주님과 내가

함께 일하는 것이리라

주님을 섬기며

헌신된 마음이 넘쳐 흐르는 것은

주님과 하나된 진정한 봉사다.

하나님의 능력의 손 아래서 겸손하면, 하나님께서 우리를 높이실 것이다.
(베드로전서 5:6)

♣ 묵상 쓰기

주님의 만족

주님께 조릅니다

나의 갈증과 욕망을 채워 달라고

사람들에게 보이려고 봉사하고

나의 만족함을 채우려고 헌신하면서

주님을 위한다고 합니다

그리고 이웃을 돌아보면서

주님을 위해 세상과 타협합니다

그리고는

주님, 만족하시죠

그때 주님은 말씀하십니다

자신의 욕망을 채우는 것이 아니라

보이기 위한 헌신이 아니라

주님만을 위한 것이 아니라

주님의 도구가 될 때

바로 그때 주님은 만족하십니다.

여러분은 성령께서 인도하여 주시는 대로 살아가십시오.
그러면 육체의 욕망을 채우려 하지 않을 것입니다. (갈라디아서 5:16)

✤ 묵상 쓰기

주님의 빛

세상의 곳곳에는 어둠이 깊습니다
어둠이 따라오면 우리는 방황합니다
주님은 비전을 이루기 위해
주님은 빛을 비추시며
주님의 일을 하실 것입니다
세상의 어둠은 훈련의 광장입니다
때로, 주님의 침묵은
우리를 향한 깊은 사랑의 표현입니다
아무것도 스스로 할 수 있는 것이 없었던
아브라함을 향한
하나님의 13년간의 침묵 기간처럼
사람을 의지하지 않고
초월하신 주님만 신뢰해야 합니다
어둠 속에서 철저하게 훈련되고 나서
주님을 기다려야 합니다
주님의 빛은 새로운 희망입니다.

주님은 나의 희망이십니다. 어릴 때부터 주님만 믿었습니다. (시편 71:5)

✚ 묵상 쓰기

거듭남

새로워 지려고 하면
막힌 담이 더 높게 다가옵니다
무언가 하려고 할 때
반드시 이루려고 발버둥칠 때
할 수 없을 것 같은 강박관념이 두드리면
침체라는 함정에 빠져 있습니다
새로움으로 변화되고자 하는 것은
성령으로부터 시작됩니다
우리 삶 속에 깊이 숨겨진 거듭남은
성령의 거듭남으로
싹이 돋아나는 순간부터 뜨거워 집니다
주님 주시는 끊임없는 은혜로 인해
우리는 거듭날 수 있습니다.

하나님께서 함께 하시면 우리는 승리하며, 하나님께서 원수들을 물리쳐 주십니다. (시편 60:12)

✤ 묵상 쓰기

처음 사랑

나는 주님을 잊지 않습니다
"주님을 사랑합니다"라고 고백했던
처음 사랑의 고백을…
그러나 때때로
내 마음대로 되지 않는다고 불평합니다
주님의 사랑만 받으려고 합니다
베푸신 축복을 잊고
기쁨도 어느 새 사라지고
헌신을 힘들어 합니다
내가 받고 싶은 존경과 영광만 기다립니다
그러나 주님은
옛 사랑을 그리워하며 기억하고 계십니다
지금도 변함없이 나를 맞아 주십니다
변치않는 순수한 처음 사랑을 기억하고 계십니다
그 사랑의 품에 안기라고.

나는, 나를 사랑하는 사람을 사랑하며, 나를 간절히 찾는 사람을 만날 것이다.
(잠언 8:17)

♣ 묵상 쓰기

바라봄

세상이 주는 즐거움에
잠시 주님을 잊기도 합니다
주님께 집중하기가 너무도 어렵습니다
축복을 순간순간 잊은 채
다른 것을 보게 하도록
유혹이 손짓하며 다가옵니다
머리를 세차게 흔들며
"오직 주만 바라보라"는 말씀을 듣고
주님만 바라봄으로
억눌렸던 모든 것과
수많은 어려움과 고난을 이기고
모든 염려들이 사라집니다
오직 주님께 소망을 두고
주님만 바라봅니다.

어쩌다 비틀거려도 주님께서 손을 잡아주시니 우리는 넘어지지 않는다.
(시편 37:24)

✤ 묵상 쓰기

영혼의 거울

나의 모든 것을 조금도 숨김없이
주님 앞에 내어 놓습니다
내어놓은 빈 자리에
성령 충만으로 채웁니다
주님의 사랑으로 변화되어
아름다운 영혼을 소유합니다
내 안에 빛나는
영혼의 거울이 있습니다
세상 사람들을 향해 비춰지는 거울이
더럽지 않도록
경건의 노력을 합니다
주님께 집중하는 노력이 필요합니다
내 영혼의 거울을 통해
주님의 영광을 바라봅니다.

할렐루야, 내 영혼아, 주님을 찬양하여라. (시편 146:1)

❖묵상 쓰기

사로잡힘

주님과의 인격적 관계가 될 때
주님은 우리를 사용하십니다
나의 꿈과 계획과 목적은 아무것도 아닙니다
주님께 사로잡힌 바 될 때
주님은 말씀하십니다
"너는 내것이다. 내가 너를 선택하였다"
우리는 어떤 명분으로 헌신하는게 아닙니다
주님과 인격적으로 하나 될 때
헌신하게 됩니다
완벽하게 주님께 사로잡혀
주님의 것이 될 때
우리는 모두 주님 주시는 사명을 갖게 됩니다
내가 주님과 함께 십자가에 못 박히신 것을 알 때
진정 주님께 사로잡힘바 됩니다.

자기 십자가를 지고 나를 따르지 않는 사람도 내게 적합하지 않다.
(마태복음 10:38)

✤ 묵상 쓰기

내 삶을 드리며

나의 마음의 중심을 드립니다
주님이 내 삶의 모든 것을 간섭하시도록
나의 모든 것을 드립니다
내가 예상하고
내가 계획하고
내가 만들어 놓은 때
주님은 오시기를 원치 않습니다
내 생각대로 오실 것이라는
확신도 버립니다
주님은 갑자기 찾아오실 것입니다
하나님께서 가장 기뻐하시는
나의 모든 것을 드려
늘 변함없이 주님과 하나 되겠습니다.

우리는 기도하는 일과 말씀을 섬기는 일에 헌신하겠습니다. (사도행전 6:4)

✚ 묵상 쓰기

구별

나의 삶 속에서
내 자신을
주님께 따로 구별해 드립니다
그 구별을 통해
늘 성결하게 되기를 원합니다
오직 주님을 향한 끊임없는 순종으로
모든 염려를 물리치고자 합니다
들의 백합화가 심기운 곳에서 자라
주님의 보호를 받듯이
나도 주님의 마음에서 자라
주님의 구별된 사랑을 받고자 합니다
성령을 받고 인식하고 의지함으로
순결하고 진실된 삶이 되고자 합니다
오늘도 주님을 향한
구별된 삶을 드립니다.

주님을 경외하는 사람에게 복을 주시니, 낮은 사람, 높은 사람, 구별하지 않고 복을 주신다. (시편 115:13)

✚ 묵상 쓰기

염려

세상은 염려의 고향 입니다
목숨도 염려하고
물질도 염려하고
친구도 염려하고
먹을 것, 입을 것, 자는 곳 그리고
복잡다단한 삶의 여러 문제들
염려는 또 다른 염려를 데리고
염려 가운데 나타납니다
주님은 말씀하십니다
"목숨을 위하여 염려하지 말라"
"오직 한 가지만 생각하라"
"한 날의 괴로움은 그날로 족하니라"
주님을 마음속에 모시고
성령의 요새를 쌓습니다
밀물처럼 들어오는 모든 염려는
하나님 우선주의에 두므로 사라집니다.

아무것도 염려하지 말고, 모든 일을 오직 기도와 간구로 하고, 여러분이 바라는 것을 감사하는 마음으로 하나님께 아뢰십시오. (빌립보서 4:6)

✜ 묵상 쓰기

주님 없이 주님 앞에

나의 야망과 욕심과 고집으로
주님을 근심하게 합니다
나의 권리를 주장하며
나의 의도를 관철시키려고
주님의 사랑을 끌어들입니다
나의 얕은 지식으로
주의 성령을 힘들게 합니다
나는 거룩을 명분으로 앞세워
내 계획을 이루려고 할때
주님을 핍박하는 사탄이 될 수 있습니다
모든 일이 주님과 완전히 하나 되어야 합니다
나는 나대로 스스로 거룩해 지려고 합니다
주님을 아는 것으로 만족할 수 없습니다
주님이 주신 성령과 세례로서
자유로워지고 싶습니다
주님 앞에서 주님없이 행하는
모든 것은 죄악입니다.

하나님은 나의 주님이시며, 주님을 떠나서는 내게 행복이 없습니다. (시편 16:2)

✚ 묵상 쓰기

겸손과 온유

우리의 열정이
주님과 하나 되었습니까?
내 생각이 담긴 열정으로
내 방식대로 주님을 섬긴다면
주님과 나는 아무런 관계도 없습니다
언젠가 그 열정은
나에게 커다란 짐이 되어
나의 삶을 누를 것입니다
그저 하나의 일로 지나지 않겠지요
주님의 일이 아니라 그저
교회의 일 일뿐 이겠지요
어느 순간, 주님의 음성이 들려올 때
나의 무지는 드러납니다
그때 주님 앞에 무릎꿇고 고백합니다
주님과 하나 되어
겸손과 온유로 섬기겠다고.

겸손함과 온유함으로 깍듯이 대하십시오. (에베소서 4:2)

✚ 묵상 쓰기

주님의 음성

주님의 음성을 듣고 싶습니다
나의 삶을 만져 주시는
주님의 음성을 직접 듣고 싶습니다
그러나 주님은 내 귀에 직접
음성 편지를 남기지 않습니다
주님의 음성을 들으려는 습관을 통해
주님은 내 마음에 말씀하십니다
주님 말씀하소서
주님 말씀하소서
주님을 향한 사랑의 기도를 통해
주님과 말하는 습관을 가집니다
그리고 내 마음 속에 들려지는
주님의 음성을 듣고
순종하며 나아갑니다
나의 삶 모든 것 주님과 함께하며
그 음성에 따라 나아갑니다.

내가 주님을 부르오니, 내게로 오셔서 주님을 부르짖는 내 음성에 귀를 기울이소서. (시편 141:1)

✤ 묵상 쓰기

복음 전파

땅끝까지 이르러 전하라 하신
주님의 말씀을 기억합니다
주님은 우리를 거룩한 사람이 아니라
복음을 선포하는 자로 부르셨습니다
우리의 거룩은
주님의 피로 사신 구속의 은혜의 결과입니다
내가 나를 거룩한 것인 양 나타낼 때
주님은 조용히 사라지십니다
나의 의로움은 아무런 가치가 없습니다
나를 나타내려하고
내가 뭔가 이루려고 한다면
하나님의 복음의 실체는
잠겨있을 뿐입니다
나를 버리고
주님께 모든 것 맡기고 나아갈 때
세상 끝에는 복음의 열매가
풍성해질 것입니다.

누구든지 제 목숨을 구하고자 하면 잃을 것이요, 누구든지 나와 복음을 위하여 제 목숨을 잃는 사람은 구할 것이다. (마가복음 8:35)

✚ 묵상 쓰기

2월

사람이 나를 섬기려면 나를 따르라.

(요한복음 12:26)

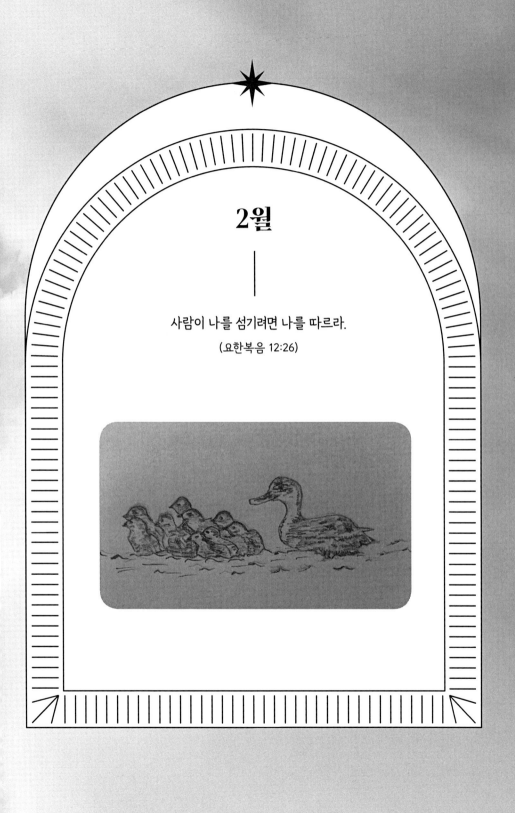

사명자

세상 끝날까지 함께 하시겠다는
주님의 사랑
그 사랑을 전하기 위해
사명자를 부르신다
부르심의 깊은 사랑은
복음을 이웃에게 나눠주는 사랑
모두가 구속의 은혜를 받았으나
부르심에 머뭇거리며
세상을 기웃거리네
"거룩함을 입은 사명자 되어라"
그 부르심에 달려나가
복음전파의 열정을 불사르리라
그 부르심에 따라.

우리를 여러분과 함께 그리스도 안에 튼튼히 서게 하시고, 또 우리에게 사명을 맡기신 분은, 하나님이십니다. (고린도후서 1:21)

✤ 묵상 쓰기

구별된 삶

세상이 주는 달콤함에
주님이 주신 것을 잊어 버립니다
명예로 인해 우쭐대고
권력으로 인해 어깨가 들썩이고
풍요로 인해 교만이 높아지고
외모엔 허영의 악취가 넘친다
주님을 따르려면 모든 것 버려야 한다
세상 모든 것 품고 주님의 길을 가려고 하니
늘 주님은 뒷전에 서 계시고
나는 세상에 사로잡혀
내가 먼저가 되고 있네
먼저 나의 십자가를 지고 주님을 따를 때
세상을 구속(救贖)하신 주님의 사랑이
오늘도 나를 찾는다
복음을 위해 구별된 삶으로 살리라.

누구든지 나를 따라오려거든, 자기를 부인하고, 제 십자가를 지고, 나를 따라오너라. (마태복음 16:24)

✛ 묵상 쓰기

두 부류

세상의 모든 사람은 주님의 자녀입니다
세상의 모든 자녀들은 두 부류로 나눠집니다
주님을 믿는 사람들과
주님을 믿으려고 하는 사람들
주님을 믿는 자나 믿으려고 하는 자나
모두가 주님의 자녀입니다
죽을 수밖에 없는 모두에게
구원의 은총을 베푸사
주님의 품으로 돌아오기를 기다리고 계시는 주님
주님의 고난을 같이 하고자 하는 사람이
복음을 위해 구별된 자 입니다
나로 인해 복음이 증거된다면
나는 주님의 자녀입니다
거룩보다 중요한 것은
주님을 나의 구주로 믿고
순종하는 자녀가 되는 것입니다.

**여러분이 전에는 어둠이었으나, 지금은 주님 안에서 빛입니다.
빛의 자녀답게 사십시오. (에베소서 5:8)**

✤ 묵상 쓰기

주님께 속한 자

나의 재능에 사로잡혀서

나의 경험에 취하여

나의 명예에 매달려

주님의 사랑을 볼 수 없습니다

주님께 속한 자 될 때

주님의 증인이 될 수 있습니다

증인에게 닥칠

핍박, 비난, 영광, 칭찬 그 무엇이든

주님과 하나 되어 나가는 것입니다

하나님의 심판과

예수그리스도의 사랑만 알릴다면 두려움은 없습니다

주님을 통하여

오직 하나님의 능력과 거룩함 만이 드러난다면

나는 아무것도 아니어도 됩니다.

육신에 속한 생각은 죽음입니다.
그러나 성령에 속한 생각은 생명과 평화입니다. (로마서 8:6)

✤ 묵상 쓰기

낮은 곳에서

나는 진정 성도인가
거룩한 사명자가 되기를 원하는가
성도이기를 바라면서
더럽고   은 일에는 나서길
싫어하지는 않는가
거룩한 척만 하는 것은 아닌가
인기와 영웅심의 울타리에서
잘된 것만 보려 주려는
빛 좋은 개살구의 삶은 아닌가
사람들의 "잘했다"라는 말을 듣기 위해
낮은 곳에 있기를 바라는 것은 아닌가
진정 낮아지려는가
주어진 사명을 충성스럽게 감당하기위해
진정 낮은 곳에서 나 자신을
산 제물로 드려야한다.

**여러분의 몸을 하나님께서 기뻐하실 거룩한 산 제물로 드리십시오.
이것이 여러분이 드릴 합당한 예배입니다. (로마서 12:1)**

✤ 묵상 쓰기

제물

내가 제물이 될 때
주님을 향한
나의 의지는 확고해 집니다
어떤 결과가 있든지
나는 아무런 불평도 생기지 않습니다
주님 주시는 강한 의지로
나의 모든 고난을 당당히 이겨냅니다
이기게 하시는 은혜는 다시
주님께 드려지고
나의 모든 것을 제단뿔에 묶어둡니다
타오르는 불길 속에서
나의 연민도 사라지고
짓누르던 죄악도 사라지고
비참하게 만들던 환경도 사라집니다
내가 기꺼이 제물이 될 때
주님이 진정 가까이 있음을 알게 됩니다.

내가 즐거운 마음으로 주님께 제물을 드립니다.
주님, 내가 주님의 선하신 이름에 감사를 드립니다. (시편 54:6)

✜ 묵상 쓰기

낙심

영(靈)이 병들 때
언제나 낙심이 먼저 찾아옵니다
낙심은 전적으로 나로부터 시작됩니다
나의 욕망이 너무도 커서
그 욕망을 충족할 수 없을 때
낙심은 갈등의 열매를 맺기 시작합니다
낙심을 품고 기도하면
기도는 벽에 부딪칩니다
기도는 하나님을 붙들고 나아가는 것인데
내 기도에 응답이 없을 때
나의 삶을 돌아봐야 하는데
응답만 바라는 것은 나의 고집 때문입니다
낙심의 구렁텅이에선 모든게 힘들어집니다
모든 평범한 일 가운데 섭리하시는
주님의 진리를 모르게 됩니다
나를 내려놓고 주님과 하나 될 때
낙심은 사라지고
영혼은 아름다워집니다.

주님은 마음 상한 사람에게 가까이 계시고 낙심한 사람의 회개를 통해 구원해 주신다. (시편 34:18)

✚ 묵상 쓰기

거룩

주님과 하나 되면
주님이 쓰시기에 좋게 되는 것
주님을 닮아가면
주님과 관계없는 모든 것으로 부터
자유함을 얻는것
우리의 모든 것이 오직
하나님의 목적만을 위해 사용 되어지는 것
세상의 관심을 없애고
하나님을 향한 관심을 넓히는 것
나의 삶을 철저히 구별하여
주님이 원하시는 삶을 사는 것.

주님을 경외하는 것이 지혜의 근본이요, 거룩하신 이를 아는 것이 슬기의 근본이다. (잠언 9:10)

✢ 묵상 쓰기

영원한 샘물

영혼의 아름다움은
주님이 주시는 끊임없는 사랑 때문입니다
주님의 사랑이 끊기면
영혼의 샘물은 더 이상 흐르지 않습니다
나 스스로 나의 영혼의 샘터를 돌아봐야 합니다
준비되어 있지 않는 나에게는
메마르고 갈라진 샘터 바닥이
내 삶 속에서 영혼을 갈라 놓습니다
나의 명예와 정욕으로
주님의 일을 한다면
주님이 공급해 주시는 영원한 샘물은
기대할 수 없습니다
살아 숨쉬는 생명력의 근원은
오늘도 우리에게 공급해 주시는
하나님의 영원한 샘물, 말씀입니다.

주님의 말씀을 묵상하다가 뜬눈으로 밤을 지새웁니다. (시편 119:148)

✤ 묵상 쓰기

보화

새벽의 맑은 공기
온몸에 사랑주는 산들바람
매일매일 낮과 밤
해 달 별 그리고 은하수
수많은 꽃과 열매들
마음 열어 바라보면 보화가 가득함을 봅니다
마음을 닫고 영적기갈일 때는
세상의 보화들이 우상이 됩니다
주님도 보이지 않습니다
기도할 생각도 없기에 기도가 막힙니다
빨리 주님께 집중하며
마음을 다해, 마음을 열어
친히 우리에게 다가오시는
주님과 하나 되어야 합니다
그 순간,
하나님이 주신 선물
자연의 보화가 내 삶에 넘칩니다.

그리스도 안에는 모든 지혜와 지식의 보화가 감추어져 있습니다. (골로새서 2:3)

✤ 묵상 쓰기

목마름

주님을 향한 마음이 길을 잃을 때
내 삶은 목마름으로 가득 찹니다
나를 흔드는 우상이
주님을 바라보지 못하게
목마름으로 어지럽게 합니다
주님주신 마음으로 바르게 설 때
구원의 열매가 열립니다
말씀이 내 삶 속에서 빛을 발할 때
더 이상 목마름은 없습니다
열정이 솟구쳐 형언할 수 없는
기쁨이 온 몸을 감쌀 것입니다
목마름은 마음의 우상입니다
주님의 말씀으로 적셔진 삶에는
목마름 대신 생수가 넘쳐 납니다.

나를 믿는 사람은 성경 말씀대로 그의 배에서 생수가 강물처럼 흘러나올 것이다. (요한복음 7:38)

♣묵상 쓰기

주님의 음성

주님이 직접 말씀 하신다면
당장 순종과 불순종 둘중
하나를 택해야 합니다
사람을 통해 주님의 말씀을 들으면
주님주신 말씀이지만
내 생각으로 판단하기 시작합니다
주님은 이렇게 말씀하셨죠
"너희가 나를 사랑하면 나의 계명을 지키라"
주님의 음성을 직접 듣고 싶다는 생각이
나를 감쌀 때
또 다른 두려움으로 올 것같은
생각이 삶을 흔들고 있습니다
나의 내면에서, 나의 삶 속에서
주님의 음성을 듣지 못했다면
진정한 기쁨을 누리지 못한 것입니다.

**보라, 내가 문밖에 서서 문을 두드리노니 누구든지 내 음성을 듣고 문을 열면,
나는 그에게로 들어가서 그와 함께 먹고, 그는 나와 함께 먹을 것이다.**
(요한계시록 3:20)

✛ 묵상 쓰기

신호

하나님은 오늘도 신호를 보내십니다
여명을 통해서 하루의 시작을
꽃과 나비를 통해서 하나됨을
별과 달을 통해 우주의 섭리를
찬송과 기도를 통해 성령의 뜨거움을
사람을 통해 주님의 말씀을
"주님, 말씀하소서
주의 종이 듣겠나이다"
특별할 때만 듣는 것이 아니라
늘 주님의 음성을 듣기를 원합니다
나의 확신과 집념, 아집과 교만으로는
주님의 신호를 알 수 없습니다
언제나 낮아져 겸손할 때 들리는
주님의 신호에 따라
앞으로 앞으로 나아갑니다.

귀를 기울여서 지혜있는 자의 말씀을 듣고 나의 가르침을 너의 마음에 새겨라.
(잠언 22:17)

✤ 묵상 쓰기

어둠 속에서

때때로 나의 삶 속에
어둠이 밀려오면
하나님의 음성을 듣고자
손 모아 무릎을 꿇을 때
주님은 우리의 마음을 열어 주십니다
어둠 속에서
우리는 입을 다물고
주님과 함께 어둠을 이겨내야 합니다
겸손하고 부드러운 마음으로
어둠이 주는 의미를 알아가며
어둠을 이겨 나갈 때
주님과 하나 되는 기쁨을 느끼며
우리는 주님의 말씀을
깊게 깨닫게 됩니다.

진실로 주님은 내 등불을 밝히십니다. 주 나의 하나님은 나의 어둠을 밝히십니다. (시편 18:28)

✤ 묵상 쓰기

주님의 일꾼

나의 모든 것 드려
오직 주 예수 그리스도만을 위해
쓰임을 받을 수 있을까
너무 오랜 시간을 달려왔지만
주님 마음대로
주님 편하신대로
주의 뜻대로
마음껏 사용되어지기 까지
나는 얼마나 깊게 낮아져야 하는가
세상의 온갖 멸시 천대를 다 받아도
주님을 증거하는 자로 설 수 있다면
내 몸을 쳐서
십자가지고 복종하므로
산산히 부서진 살이 되고
흔들어 넘치는 피가 되리라.

사람이 마땅히 우리를 그리스도의 일꾼이요, 하나님의 비밀을 맡은 자로 보아야 합니다. (고린도전서 4:1)

✚ 묵상 쓰기

주님 앞으로

세상을 향한 나의 꿈은
가장 먼저 시련의 터널 속으로 들어갑니다
먼저 좌절을 배우고서
용기가 다가옵니다
꿈을 이룰 수 있다는 소망을 갖게 되는 것은
주님을 향한 나의 준비됨을 보시고
주님의 손이 다가올 때입니다
영혼의 아름다움이
나의 삶을 둘러쌀 때
좌절을 딛고 일어나
새로운 생명을 얻게 됩니다
주님의 손을 붙잡고 일어나
주님 앞으로
주님께 더 가까이 다가섭니다.

나의 도움은 하늘과 땅을 만드신 하나님에게서 온다. (시편 121:2)

❖ 묵상 쓰기

일어나라

믿음이 흔들리고
삶이 힘들게 느껴질 때
마음속에서 갈등의 싹이 자랍니다
영적인 감각도 둔해져 가고
고통이 서서히 다가옴을 느낍니다
신바람나는 신앙의 기쁨도 서서히 사라지고
캄캄한 길로 들어서는 마음이 듭니다
어둠을 극복하려고 움직이면
더 깊이 당겨 내려끄는 힘이 있습니다
이때 나를 내려놓고
조용히 무릎을 꿇고 주님을 부르면
주님이 찾아오셔서
성령의 손길로 당기시며
"늘 너와 함께한다 일어나라" 하실 때
다시 새 힘을 얻고 달려갑니다.

나는 늘 주님과 함께 있으므로 주님께서 내 오른손을 붙잡아 주십니다.
(시편 73:23)

❖ 묵상 쓰기

새로운 길을 향해

육신의 고달픔에 빠져 있을 때
지쳐 쓰러져 잠들었을 때
깨어 기도하지 못한 제자들처럼
우리의 영혼은 절망의 늪으로
조금씩 조금씩 빠져듭니다
스스로 힘으로는 어떻게 할 수 없어
몸부림칩니다
영혼을 되살리려는 간절한 바람은
주님을 온전히 의지할 때
잃어버린 소망을 찾아
다시 새로운 길을 향해 나아갑니다.

내가 주님을 바라보며 두 손 들고 기도합니다.
메마른 땅처럼 목마른 내 영혼이 주님을 사모합니다. (시편 143:6)

✚ 묵상 쓰기

발걸음

주님의 하루 시작은
가장 낮은 곳으로 향하는 걸음입니다
성육신(聖肉身)으로 오신 주님은
복음을 전하시고
생명을 살리면서
세상이 줄 수 없는 것들로
세상에서 타락한 걸음들을 깨우셨습니다
주님의 발은 더러워졌지만
제자들을 발을 몸소 씻기셨습니다
그리고 제자들을 향해
세상의 발들을 씻기라고 하셨습니다
씻겨진 발은
성령의 발걸음되어
영혼의 족적(足跡)을 남기며
성령이 거하는 몸이 됩니다.

내 걸음이 주님의 길을 굳게 지키고 그 길에서 벗어난 일이 없습니다.
(시편 17:5)

✤ 묵상 쓰기

행함

행함이 없는 꿈은 헛된 꿈이다
꿈은 유익하나
꿈 자체에 머문다면
변화는 없고 변질되는 것이다
변질에는 축복은 없고
실망과 포기만이 남아있게 된다
먼저 주님만이
우리들의 꿈과 기쁨과 즐거움의
근본이 되도록 해야한다
사랑하는 사람에게
무엇이든 주고 싶은 마음이 넘치듯
주님을 향해 뜨거운 사랑을 가져야 한다
주님이 원하시는 행함은
주님주신 꿈을 안고 달려가는 것이리라.

믿음에 행함이 따르지 않으면 그 자체만으로는 죽은 것입니다. (야고보서 2:17)

✤ 묵상 쓰기

주님을 향한 사랑

사랑하는 연인과 헤어지기 싫어
보고 또 보고
속삭임과 아쉬움이 깊어지듯
주님 향한 사랑도 그래야겠지요
사랑하는 연인에게
모든 것 다 주어도 아깝지 않듯이
주님 향한 마음도 그래야겠지요
사랑하는 연인에게 내 목숨 줄 수 있듯
주님위한 삶도 그래야겠지요
어떤 의무감으로 주님을 사랑한다면
내 삶에 주님의 향기는 없습니다
주님과 사랑에 빠져 있다는 증거는
놀랍고 멋지고 거룩한 것이 아니라
일상적이고 단순하며 평범한 가운데
일어나는 소소한 사랑입니다
주님은 주님을 향한 사랑이
우리를 통해 일어나기를 바라고 계시죠.

예수님은 "네 마음을 다하고, 네 목숨을 다하고, 네 뜻을 다하여, 주 너의 하나님을 사랑하여라"고 말씀하셨다. (마태복음 22:37)

♣ 묵상 쓰기

인내를 넘어

지금 어려움을 겪고 있다면
꿈꾸던 것들이 익어가고 있다는 것
아름다운 열매는
시련을 이겨낸 씨앗을 통해 풍성해지는 것
십자가는 패배가 아닌
결국 사랑으로 승리할 수 있다는 것을
보여주신 것
주님을 향한 절대적인 믿음과
간절한 소망을 바라며
오늘의 내 삶 속에서 인내하다면
인내를 넘어 소망을 이루리라.

우리가 낮에 속한 사람이므로, 정신을 차리고, 믿음과 사랑을 가슴막이 갑옷으로 입고, 구원의 소망을 투구로 씁시다. (데살로니가전서 5:8)

✢ 묵상 쓰기

섬김

섬김은 사람을 향한 것이 아니라
예수 그리스도를 향한 사랑입니다
높고자 하는 사람은
낮아지라는 주님의 말씀을 향해
나가는 것입니다
영적 지도자로, 성도로의 부르심은
우월한 지위를 의미하는게 아니라
주님의 사랑을 보여주는
가장 낮아지는 자리입니다
우리의 이기심, 욕망, 죄악, 무례함에도 불구하고
주님은 마지막 피 한 방울까지 쏟으시면서
섬김을 보여주셨습니다.

인자는 섬김을 받으러 온 것이 아니라 섬기러 왔으며, 많은 사람을 위하여 자기 목숨을 몸값으로 치러 주려고 왔다. (마태복음 20:28)

✤ 묵상 쓰기

희생의 빛

나의 욕심을 버릴 때
주님은 나를 들어 쓰십니다
나를 희생하여 불신자를
주님의 사람이 되게 하는 것이
세상의 빛이 되는 것입니다
나홀로 주님과 하나 되고자
세상을 떠나 주님께 가려고 하면
이미 주님은 없으며
거룩은 사라지고
그저 거추장스러운
생명없는 나무에 불과합니다
우리는 세상속에서
주님의 명령을 완수하기위해
나의 삶을 내려놓는 것입니다
주님을 향한 희생만이
빛 가운데로 가는 소망입니다.

그는 거룩하게 되는 사람들을 단 한 번의 희생제사로 영원히 완전하게 하셨습니다. (히브리서 10:14)

✟ **묵상 쓰기**

발을 씻기는 것

흙먼지로 뒤덮힌 광야를 다니는 발엔
땀과 먼지가 범벅이 되어
온갖 더러움이 가득 차 있습니다
우리의 삶도 마찬가지 입니다
죄악으로 가득 찬 세상속에서
우리는 온갖 죄악과 부딪히고 있습니다
주님은 제자들을 가르치려고 오신 것이 아니라
제자들의 발을 씻기려 오셨습니다
주님의 종이 되고자 한다면
먼저 내 이웃의 발을 씻겨야 합니다
발을 씻기는 것은
온갖 죄악을 씻어내는
주님의 사랑의 첫 발 입니다.

대야에 물을 담아다가, 제자들의 발을 씻기시고, 그 두른 수건으로 닦아 주셨다.
(요한복음 13:5)

✤ 묵상 쓰기

초월하는 신앙

주님은 나의 구주입니다

그러나 내 마음은 순간순간

주님을 떠나고 있습니다

어떻게 해야 잘 살 수 있을까

어디가야 걱정이 없을까

주님이 정말 나를 돌보시나 의심하며

불안 초조의 시간들로

삶의 주위를 맴돌고 있습니다

주님은 당장 돈을 주시지 않지요

주님은 당장 걱정근심을 해결해 주시지 않지요

주님은 당장 돌보시는 것같지 않아요

내가 이해하는 한계를 초월하시는

주님의 권능을 믿을 때

내 안에 계시는 주님을 볼 수 있습니다.

하나님께서 주님을 살리셨으니, 그의 권능으로 우리도 살리실 것입니다.
(고린도전서 6:14)

✟ 묵상 쓰기

내 속의 우물

나의 우물에는 염려로 가득 차 있습니다
깊이를 알 수 없기에
더욱 염려되는 우물입니다
퍼내도 퍼내도 가득 차 오르기에
더욱 염려가 깊어집니다
우물 속 어디선가 솟구치는
염려의 물줄기를 찾으려고
들여다 보고 또 보아도 알 수 없기에
염려위에 고통이 스며듭니다
염려하지 말라는
주님의 음성을 듣지만
여전히 우물만 탓하고 있습니다
불신으로 가득 찬 우물에서
주님은 아무것도 길러내지 않으십니다
세상의 우물을 버리고 주님을 바라보면
사랑과 평안이 넘치는 생명의 샘물을 만날 수 있습니다
영원히 마르지 않는 생명의 샘물을.

> **내가 주는 물을 마시는 사람은, 영원히 목마르지 아니하리니, 내가 주는 물은, 그 사람 속에서, 영생에 이르는 샘물이 될 것이다. (요한복음 4:14)**

✤ 묵상 쓰기

주님만으로

주님의 육체는 지옥을 거쳐
영체로 부활하였었습니다
죄가 없으신 주님이
우리의 죄를 대신지고
지옥에서 3일을 보내시고
다시금 우리 곁으로 오셨습니다
부활로 거듭난 생명의 빛은
영원히 우리에게 이어지듯
우리는 모든 일을 주님과 이어지는
습관을 가져야 합니다
우리의 상식과 지혜는
주님의 영역이 아니기에
영적으로 차단됩니다
오직 주님께 순종하고
헌신된 마음으로 움직일때
모든 혼돈과 염려가 사라지고
영혼의 아름다움을 갖게 됩니다
오직 주님만으로.

영생은 오직 한 분이신 참 하나님을 알고, 또 아버지께서 보내신 예수 그리스도를 아는 것입니다. (요한복음 17:3)

✤ 묵상 쓰기

주님을 믿으면서

믿고 있지만, 믿지 않는 것같이
바라보지만, 외면하고 있는 것처럼
얻기를 바라지만, 그저 되기를 기다리는 것처럼
주님을 믿으며
우리는 지식의 테두리에서 맴돌고 있습니다
주옵소서 외치는 몸부림에는
어리석음과 쓴뿌리가 내려지며
고통만이 자라고 있습니다
주님을 믿으면서도
주님을 외면하는 삶의 모양과 태도는
어리석음의 그림자를 통해
옛 모습이 그대로 나타납니다
내가 죽고 주님이 살 때
주님과 영원히 살 수 있음을 고백합니다.

우리 안에 살고 계시는 성령으로 말미암아 그 맡은 바 선한 것을 지키십시오.
(디모데후서 1:14)

✤ 묵상 쓰기

3월

—

다 이루었다. (요한복음 19:30)

아픔의 순간

주님을 향한 진정한 사랑은
소리없이 행하는 믿음 속에서
주님과 함께 깊어집니다
나의 어리석음과 간교함이 뒤엉켜
주님의 말씀을 덮는다면
주님의 역사하심은 없습니다
내 생각을 가지고
주님을 따른다면 주님은 말씀하십니다
"네가 나를 사랑하느냐"
그 순간 나의 영혼과 육신을 쪼개는
커다란 아픔이 나를 엎드리게 합니다
주님이 나의 주인이 되면
주님의 위대한 사랑이
내 삶에 빛이 됩니다.

주님의 한결같은 그 사랑을 생각할 때마다 나는 기쁘고 즐겁습니다.
주님은 나의 고난을 돌아보시며 내 영혼의 아픔을 알고 계십니다. (시편 31:7)

♣ 묵상 쓰기

거룩한 아픔

진정 주님과 하나 될 때
내 심령의 가장 깊숙한 곳에서
우리를 향하신 주님의 아픔을 느낄 수 있다
세상의 아픔은 나를 절벽으로 몰아가는 아픔이나
주님과 하나 되어
주님을 알 때
주님의 아픔을 통하여
주님의 사랑을 느낄 수 있다
언제 어느 때 올지 모르지만
주님을 피할 수 없는 그때에
주님의 사랑으로
우리에게 고난을 주시면서 까지
주님의 아픔을 알게 하십니다
주님, 사랑해요.

아버지께서 나를 사랑하신 것과 같이, 나도 너희를 사랑하였다.
너희는 내 사랑 안에 머물러 있어라. (요한복음 15:9)

✤ 묵상 쓰기

샘솟는 사랑

끝없이 솟아나는 사랑입니다
소모되지 않는 사랑입니다
이루려는 사랑이 아니라
이미 이루어진 사랑입니다
하나님과 하나 되는 사랑입니다
제자, 자녀, 친구되기를 바라는 사랑입니다
다른 길로 가더라도 기다려 주는 사랑입니다
외면해도 다가가는 사랑입니다
늘 함께하는 사랑입니다
영원히 남아있는 사랑입니다
돌아오기만을 기다리는 사랑입니다
주님의 샘솟는 사랑.

그러므로 믿음, 소망, 사랑, 이 세 가지는 항상 있을 것인데 그중 으뜸은 사랑입니다. (고린도전서 13:13)

✤ 묵상 쓰기

주님의 것

나의 헌신과 봉사

나의 재능과 능력

나의 명예와 권세

나의 물질과 부유함

나의 욕망과 생명 등 모든 것이

주님과 함께할 때 가장 귀한 것이다

주님과 함께할 때 세상이 주는 고난은

정금(正金)같이 만드시기를 원하시는 소명의 길

심령을 찌르는 말씀에 단단해지고

말씀을 방해하는 무리들과

세상의 유혹들을 이기고

나의 나됨이 되는 것은

내 것이 아닌 주님의 것이기에.

하늘은 주님의 것, 땅도 주님의 것, 세계와 그 안에 가득한 모든 것이 모두 주님께서 기초를 놓으신 것입니다. (시편 89:11)

✤ 묵상 쓰기

사명

세상을 구원하라는 사명을 안고 오신 주님
그 사명 이루시려고
살이 찢겨지고 피를 모두 흘리셨네
그 사명 이제 우리에게 주셨는데
사명을 이루기 위해 주님과 동행하며
내 생명까지 드려야 하네
주님을 개인의 구주로 받아들이는 순간
사명을 위해
생명조차 귀하게 여기지 않는 각오로
절대적 충성을 향해 나가야 하리라
사명 이외의 모든 것은
아무것도 아니기에
사명을 안고 오늘도 힘차게 나아간다.

내 스스로 이 일을 하면 상을 받으나 내가 스스로 아니 할지라도 나는 사명을 받았습니다. (고린도전서 9:17)

♣ 묵상 쓰기

간절함

앞이 캄캄하고 힘들 때
더 이상 앞으로 나아갈 수 없을 때
무기력하고 주저하고 싶을 때
한 걸음이라도 나아가려면
주님의 은혜가 필요하다
주님이 주시는 살과 피가
나의 삶 가운데 흐르도록
주님을 향한 나의 간절함이
깊이 사무쳐야 합니다
주님, 나는 더 이상 할 수 없습니다
주님 앞에 두 손 들고
끝까지 참아내며 주님만 바라봅니다
간절함으로.

내가 주님을 간절히 찾았더니, 주님께서 나에게 응답하시고, 내 모든 두려움에서 나를 건져 내셨다. (시편 34:4)

✤ 묵상 쓰기

영원한 빛

죄 가운데 빠진 나
죽을 수밖에 없는 나
사랑을 받을 수 없는 나
존재감조차 사라진 나
그러나 주님은 사랑으로 나를 품으셨습니다
찢겨진 살과 쏟으신 피로
끊을 수 없는 사랑을 만드셨습니다
무한한 은혜와 사랑을 주셨습니다
그래서 어떤 고난이 와도
기쁨으로 충만할 수 있습니다
삶의 연약함 속에서도 기뻐할 수 있습니다
변함없는 영원한 사랑의 빛으로
모든걸 이기게 하십니다.

우리가 사랑하는 곳은 하나님이 우리를 먼저 사랑하셨기 때문입니다.
(요한1서 19)

✤ 묵상 쓰기

내려놓음

주님께 드려지는 세상의 모든 것
우리의 선행, 정직, 노력, 돈, 재물, 봉사
이런 것들은 주님은 원하지 않으십니다
주님이 진정 원하는 것은
주님을 향한 우리들의 온전한 의로움입니다
의롭지 못하고 행해지는 모든 것은 위선입니다
사욕(私慾)을 품고 드려진 헌금은 죄악입니다
세상 욕망 속에 파묻힌 예배당과
응답만 기다리고 부르짖는 기도는 욕심입니다
행함이 없는 설교는 단순한 소리입니다
말씀을 듣고 행함이 없는 믿음은 가짜 구원입니다.
몸만 왔다갔다하는 예배는 게으름입니다
제자없는 삶은 공허할 뿐입니다
진정한 거듭남은 모든 위선을 제거하고
인간적인 삶을 내려놓는 것입니다.

무슨 일을 하든지, 경쟁심이나 허영으로 하지말고, 겸손한 마음으로 하고, 자기보다 서로 남을 낫게 여기십시오. (빌립보서 2:3)

✤ 묵상 쓰기

진정한 동행

물질의 풍요함, 시간의 넉넉함, 여행의 즐거움
세상이 주는 편안함이 넘칠 때
간혹 우리는 주님을 잊습니다
그러다 고난이 오면
주님께 해결해 달라고 울부짖곤 합니다
매주 예배를 드렸고, 매주 기도 드렸고, 매주 헌금 드렸고
매주 수고하고 봉사했지만
주님과 동행하지는 않았습니다
진정한 동행은 주님과 하나 되어
주님과 함께 멍에를 메고, 주님과 동행하며,
주님과 한 길을 걷는 것입니다.

> 주님, 주님의 길을 가르쳐 주십시오. 내가 진심으로 따르겠습니다.
> 내가 마음으로 모아, 주님의 이름을 경외하겠습니다. (시편 86:11)

✤ 묵상 쓰기

하나님의 증인

나의 영혼의 자유함이 있어야
다른 영혼을 자유케 할 수 있다
나의 영혼을 거룩함으로 덧입어야
다른 영혼을 거룩함으로 입힐 수 있다
내 생각과 의지로 하나님이 증인이 될 수 없고
주님의 말씀이 담긴 성찬이 되어야
증인이 될 수 있다
단지 축복의 통로가 되기위해
구원의 밧줄을 잡는 것이 아니라
먼저 하나님의 자녀가 되기 위해
구원의 밧줄을 잡아야 한다
주님 주시는 영적말씀에
내 모든 삶이 변화되어야
하나님의 증인이 되는 것이다.

이 예수를 하나님께서 살리셨습니다. 우리는 모두 이 일의 증인입니다.
(사도행전 2:32)

✤ 묵상 쓰기

소망을 두는 곳

소망은 나를 뛰게 한다
소망을 잃으면 영혼의 부요함도 잃는다
영적인 틈이 벌어지는 순간
소망을 잃게된다
하늘의 소망에 따르는 길은
전지전능하신 주님께
나의 전부를 드리는 것이다
소망을 잃지 않으려면
기도와 찬양을 멈춰서는 안 된다
소망이 없으면 쉽게 쓰러진다
나를 일어서게 하고 뛰게하는 것은
하늘의 소망뿐이다.

나는 거짓이 없으신 하나님께서 영원 전부터 약속해 두신 영생에 대한 소망을 품고 있습니다. (디도서 1:2)

✤ 묵상 쓰기

헌신

오직 주님을 위한 것
그 어떤 대가도 필요치 않은 것
인간적인 생각은 갖지 않는 것
나를 내려놓는 것
비전보다 앞서는 것
자신의 유익을 구하지 않는 것
말보다 행동이 우선되는 것
인정을 받으려고 하지 않는 것
천국에 들어가려고 하지 않는 것
구원받기위해 억지로 하지 않는 것
주님께 인정받으려고 하지 않는 것
오직 주님만을 위한 것.

**주님께서는 주님께 헌신하는 사람을 각별히 돌보심을 기억하여라.
주님께서는 내가 부르짖을 때에 들어 주신다. (시편 4:3)**

✤ 묵상 쓰기

요한복음 3:16

하나님이 주신 사랑을 품고
이 세상을 주님처럼 사랑하다면
이처럼 귀한 은혜 어디 있을까
사랑하셔서 더할 수 없이 넘치는 기쁨
독생자를 주시기까지 사랑의 본을 보여주신 주님
그를 믿는 자마다 구원을 얻게되고
멸망치 않고 영혼의 아름다움이 넘치는 곳에서
영생을 얻게 하심이라.

**하나님이 세상을 이처럼 사랑하사 독생자를 주셨으니 이는 그를 믿는 자마다
멸망하지 않고 영생을 얻게 하려 하심이라. (요한복음 3:16)**

✤ 묵상 쓰기

정욕

"많이 있지만 더 가져야 해"
"어떻게든 이루고야 말겠어"
"나라고 못할 게 어디 있나"
이런 마음이 지나치면 정욕의 노예가 된다
갖고 싶고 이루고 싶은 세력에
굴복하며 끌려가고 있는 것이다
이기심이 넘쳐
질투심까지 스며든다면
정욕의 죄로 물들어 가고 있는 것이다
정욕의 종된 삶은 쉽게 버리지 못한다
정욕을 버리기에는 고통이 따른다
주님을 향한 순종의 길로 변화할 때
정욕의 길을 버릴 수 있다.

**사랑하는 여러분, 나는 나그네와 거류민 같은 여러분에게 권합니다.
영혼을 거슬러 싸우는 육체적 정욕을 멀리하십시오. (베드로전서 2:11)**

✚ 묵상 쓰기

때로는

주님을 믿는다고 하면서도
믿음을 의심하고
주님을 따르고 있으면서도
말씀에 의심이 남겨지고
늘 주님과 함께하면서도
주님과의 거리를 느끼게 되고
전지전능하신 주님인 줄 알면서
나의 요구에 응답이 없어 실망하고
천국의 소망을 품고 살지만
신앙의 열정이 식으면
천국을 잊게 되고
갑작스런 고난이 닥치면
주님을 원망도 합니다.

시험에 빠지지 않도록 깨어서 기도하여라. 마음은 원하지만 육신이 약하구나.
(마태복음 26:41)

✤ 묵상 쓰기

심판대

우리 모두는
주님의 심판대 앞에 섭니다
믿음의 자녀인 우리는
어두움은 빛으로 인하여 사라지고
죄악은 주님으로 인하여 사라집니다
주님 안에서 정결한 빛으로 살았다면
심판대에서 기쁨이 될 것입니다
죄에 대한 징벌보다
죄 자체 때문에 얻어지는
죄의 열매가 삶에 고통을 줍니다
성령의 임재가 함께할 때
죄의 뿌리는 뽑혀지고
빛 가운데로 나아갑니다.

밤이 깊고 낮이 가까이 왔습니다. 그러므로 우리는 어둠의 행실을 벗어버리고 빛의 갑옷을 입읍시다. (로마서 13:12)

✦ 묵상 쓰기

주님 향한 소망

주님은 기다리고 계십니다
수고하고 무거운 짐 진 자들을
주님 주신 사명을 안고 나가는 수고
그 수고가 소망입니다
영혼을 구하기 위한 인간적인 야망은
수고가 아닙니다
허영에 의해 예배당을 세우거나
권력에 집착하는 것은 수고가 아닙니다
교세의 자랑도 수고가 아닙니다
주님이 원하시는 수고는
주님께 자신을 맞추는 것입니다
삶의 실패는 영적 경험의 결핍이 아니라
주님을 향한 소망을 이루려는
수고의 결핍 때문입니다
수고하고 무거운 짐진자들아
내가 너희를 쉬게하리라.

수고하며 무거운 짐을 진 사람은 모두 내게로 오너라 내가 너희를 쉬게 하겠다.
(마태복음 11:28)

> ✤ 묵상 쓰기

거룩함을 위해

주님이 내 안에 있을때
나는 거룩합니다
순종을 통해
세상적인 삶이
영적인 삶으로 변화됩니다
매일 매일 정결케 되기위해
몸부림을 칩니다
나의 육신과 영혼이
주님의 속성과
조화를 이룰 때까지
끊임없이 나를 깨우쳐야 합니다
나의 영이 주의 성령과
일치될 때까지
그 거룩함을 위해.

성경에 기록하기를 "내가 거룩하니 너희도 거룩하여라" 하였습니다.
(베드로전서 1:16)

✤ 묵상 쓰기

믿음의 뿌리

믿음이 있다고 생각하지만
어려움이 오면
믿음의 뿌리가 흔들립니다
믿음이 나를 어디로 끌고 가는지
알 수 없을 정도로 흔들리지만
그래도 주님은 사랑으로 지켜 주십니다
주님을 알아가는 삶이
믿음의 뿌리를 내리는 것입니다
흔들리면서 아주 조금씩 나아가고
넘어지지만 다시 일어서서 나아가고
고통스럽지만 이기고 나아가는 연단속에서
믿음의 뿌리는 튼튼해집니다
고난을 이기고 일어설때
믿음의 견고한 빛이
나의 삶속에 환하게 다가옵니다.

믿음은 바라는 것들의 확신이요, 보이지 않는 것들의 증거입니다. (히브리서 11:1)

✚ 묵상 쓰기

일치되심

우리와 친구가 되기를 원하시는 주님
주님으로 인해 기뻐할 때
우리의 소원을 이루시는 주님
구하기 전에 이미 아시는 주님
늦게 주시는 것은
받을 준비가 덜 된 우리의 수고를
기다리고 계시는 것
오래 참으시고 기다리시는 주님
나의 상황을 탓하지 않고
주님의 뜻을 묻고 또 묻고 나아간다면
어느 순간, 주님과 나의 모든 것이 일치될 때
자유함과 기쁨과 평안의 삶이 넘치리라.

주님과 합하는 사람은 주님과 한 영(靈)이 됩니다. (고린도전서 6:17)

✤ 묵상 쓰기

하나됨

내가 산 것이 아니라
내 안에서 그리스도께서 살 때
죄성이 죽고
영성이 살아납니다
인격적인 개성은 남아있지만
성령으로 인해 성향이 바뀌며
사탄의 권세가 사라집니다
그러면 우리의 삶은
하나님의 아들을 믿는
믿음의 삶이 됩니다
주님과 하나 되는
찬란한 믿음의 삶.

증언하는 이가 셋인데, 곧 성령과 물과 피인데, 이 셋은 하나입니다.
(요한1서 5:8)

❖ 묵상 쓰기

열정

그리스도의 열정은

인류를 구원하셨습니다

주님이 내 안에서 역사하시면

뜨거운 통찰력을 갖게 됩니다

내 안에 계신 주님을 외면하면

삶은 차가운 번민으로 가득찹니다

내가 나를 모르기에 일어나는

번민은 아주 낮고 천한 감정입니다

성령에 의해 뜨거울때

그리스도를 향한 열정으로 살아야 합니다

주님을 향한 순종으로

주님의 빛을 열정으로 드러내야 합니다.

제자들은 '주님의 집을 생각하는 열정이 나를 삼킬 것이다.' 하고 기록된 성경 말씀을 기억하였다. (요한복음 2:17)

✤ 묵상 쓰기

육신의 생각

잠시 어둠이 들어와
나의 모든 것을 흔들 때
현실로 드러나는 생각의 조각들
짜증, 염려, 후회, 욕심……
죄가 다시 나를 육신속에 가두려 할 때
떨쳐내야하는 힘을 길러야 합니다
빛의 자녀답게 당당히 일어서야 합니다
이래서 이러쿵 저래서 저러쿵
변명이 앞서 간다면
어둠의 세력이 잡아 당깁니다
성령이 주시는 생각으로 나갈 때
육신의 정욕은 사라집니다
약함을 강하게 하시는 주님
빛으로 무장한 빛의 자녀로
삶을 이기고 나아갑니다.

**육신을 따라 사는 사람은 육신에 속한 것을 생각하나 성령에 따라 사는 사람
은 성령에 속한 것을 생각합니다. (로마서 8:5)**

♣ 묵상 쓰기

신랑 되신 주

우리의 절대적 존재가 되시는 하나님
세상에는 우리를 위한
절대적 존재는 없습니다
세상의 모든 것 다 잃어도
주님 잃어서는 안 됩니다
나의 신랑 되시기 때문이죠
주님의 마음으로 사람을 대할 때
주님은 올바른 길로 인도 하십니다
세상에 빼앗긴 영혼은 죄와 죽음뿐입니다
신랑의 영혼을 들으면 기쁨이 충만합니다
주님은 흥하여야 하고
나는 쇠하여야 합니다
세상의 신부가 아닌
주님의 신부 되게 하소서.

마치 청년이 처녀와 결혼함같이 네 아들들이 너를 취하겠고 신랑이 신부를 기뻐함같이 네 하나님이 너를 기뻐하시리라. (이사야 62:5)

✤묵상 쓰기

나의 삶의 길

나를 드러내는 일들은 교만이다
사람들의 칭찬에 머리를 들어서는 안 된다
선함과 순결이 목적이 되는 신앙의 길로 인도해서는 안 된다
나의 거룩함을 드러내서는 안 된다
형식에 얽매여 주님을 잊게하는 행사를 해서는 안 된다
기도가 오로지 응답이라고 해서는 안 된다
헌신과 봉사가 구원의 조건이라고 해서는 안 된다
주님과의 관계를 깨뜨리는 그 어떤 행위도 안 된다
신앙과 연륜이 믿음의 깊이가 돼서는 안 된다
세상의 감동으로 주님께 이끌려고 해서는 안 된다
물질의 풍요함으로 신앙의 기준을 세워서는 안 된다
나의 삶은 주님과 함께 살아 숨쉬는
자발적 순종적 인격적 관계를 갖는
길을 달려야 한다.

주님을 경외하라는 것은 지혜가 주는 훈계이다. 겸손하면 영광이 따른다.
(잠언 15:33)

✤ 묵상 쓰기

순결

하나님과 영적으로 하나 될 때
순수함과 순결함을 얻게 된다
세상속에서 육신은 더럽혀지더라도
영혼의 순결을 지켜 나가야 한다
내가 나의 영혼을 지키지 않으면
주님의 보호하심은 없다
하나님을 보기 위해서는
영혼의 아름다운 순결을 유지해야한다
늘 영적 깨달음을 통해
육신을 더럽히는 생각과 행동을 멀리하여
내 자신을 그리스도 안에서
완전하도록 몸부림쳐야 한다.

하나님의 말씀은 모두 순결하며, 그분은 그를 의지하는 사람의 방패가 되신다.
(잠언 30:5)

✚ 묵상 쓰기

유혹을 넘어

유혹은 세상의 높은 곳을 향해 이끕니다
갈수록 더 높은 곳으로 유인합니다
직분이 높고 낮음을 만들어 유혹합니다
신앙을 세월속에서
연륜이라는 모습으로 유혹합니다
은혜가 많고 적음으로 유혹합니다
축복을 보이는 것만으로 유혹합니다
하나님의 것은 빛으로 인해 드러납니다
보이는 것보다
보이지 않는 것이 더 귀하기에
영혼의 아름다움이
너무도 소중합니다.

세상의 염려와 재물의 유혹과 그밖에 다른 일의 욕심이 들어와 말씀을 막아서 열매를 맺지 못한다. (마가복음 4:19)

✤ 묵상 쓰기

신앙의 발판

신앙을 맹목적으로 믿어서는 안 된다

신앙이 지적성장이 되어서는 안 된다

나의 지식이 신앙의 기준이 되어서는 안 된다

자신의 주장이 교리가 되어서는 안 된다

순종을 강요해서 순종을 이끌어서는 안 된다

주님의 영광을 위해 세상의 방법을 따라해서는 안 된다

나의 결정이 주님의 뜻인양 해서는 안 된다

신앙의 발판은

아무런 미련없이 기쁨으로

주님을 알아가는 훈련을 통하여

오직 주님께 순종하는 것이다.

저속하고 헛된 꾸며낸 이야기들을 물리치십시오. 경건함에 이르도록 몸을 훈련하십시오. (디모데전서 4:7)

✤ 묵상 쓰기

주님 오실 때

세상 안락에 빠져 있는 종교는
종교가 아닙니다
세상에 묻혀서 주님을 모르면
주님을 볼 수 없습니다
세상의 기준으로 만든 성인(聖人)은
주님을 보는 데 방해가 됩니다
주님은 언제 오실지 모릅니다
갑작스러운 오심에 미리 준비해야 합니다
언제 오실지 모른다는 기대감을 갖고
엄마를 기다리는 아이의 심정으로
종교생활이 아닌 영적생활로
주님을 만날 준비를 해야 합니다
성령충만함으로 이 순간을
환희 기쁨으로 주님을 뵈야 합니다.

그러므로 깨어 있어라. 너희는 너희 주님께서 어느 날에 오실지를 알지 못하기 때문이다. (마태복음 24:42)

✥ 묵상 쓰기

중보(仲保)기도

기도는 응답이 아니라 하나님과 하나 되는 것이다

기도하기전 우리의 모든 것을 아시는

전지전능하신 하나님

기도를 통해 자신의 욕구를 채우려는 것은

하나님과 멀어지는 것이다

기도를 통해 하나님을 뵙고

하나님의 음성을 들어야 한다

나의 문제만 해결하려는 순간

강퍅하고 고집세지고 원망이 다가온다

나의 모든 힘을 들여야 할

기도가 중보기도이다

기도는 그리스도의 마음을 갖고

남을 위해 하는 것이다

기도중의 가장 귀한 기도가 중보기도이다.

그러므로 나는 무엇보다도 먼저, 모든 사람을 위해서 하나님께 간구와 기도와 중보 기도와 감사 기도를 드리라고 그대에게 권합니다. (디모데전서 2:1)

✤ 묵상 쓰기

위선(僞善)

성령의 역사를 말하면서
세상의 욕망에 묻혀있고
세상을 따라 사는 것은 위선이다
다른 사람의 영혼에 대해
분별하며 판단하는 것에
주님의 영이 탄식하고 있다
나의 허물을 보지 못하고
다른 사람의 죄를 드러내는 것은
주님과 하나 될 수 없다
주님은 낮은 마음으로 섬기려는
나로 인해 만족하고 계시다
모든 위선을 떨치고
그리스도의 마음을 향해 달려간다.

> 그러므로 여러분은 모든 악의와 모든 기만과 위선과 시기와 온갖 비방하는 말
> 을 버리십시오. (베드로전서 2:1)

✠ 묵상 쓰기

4월

나는 부활이요 생명이니 나를 믿는 자는
영원히 죽지 아니하리니

(요한복음 11:25~26)

마음

남을 위하는 마음으로 무릎을 꿇습니다
주님은 우리를 위해 중보의 마음으로
기도를 합니다
성령께서 모든 성도를 위해
중보기도를 하십니다
삶을 짓누르는 많은 일들로 인해
주님을 잊고 산다면
마음에는 공허감만 쌓이게 되고
영혼의 좌절을 만나게 됩니다
늘 하나님과 살아있는 관계가 되었을 때
다른 사람을 위해 중보기도가 되고
그 기도를 통해 기적을 주십니다
아픔을 안아주는 마음
말씀을 깊게 받아들이는 마음
경배하는 순수한 마음
이런 마음들과 일치하는 마음 되어요.

여러분 안에 이 마음을 품으십시오. 그것은 곧 그리스도 예수의 마음이기도 합니다. (빌립보서 2:5)

✚ 묵상 쓰기

영적 통찰력

십자가를 가슴에 품을 때
나의 영혼 새로워지네
십자가에서 보혈을 다 흘리신
그리스도만 생각하며
그 외에는 아무것도 알지 않기로 한
바울의 마음과 영혼을 통해
그리스도를 향한 영적 통찰력을 얻습니다
하나님 마음을 향한 삶의 여정속에서
세상의 유혹에 빠지지 않으려는 몸부림은
영적 몸부림입니다
나의 영적 통찰력을 왜곡시키는
그 어떤 장애물도 허락할 수 없습니다
가장 큰 영광은
하나님과 하나 되는 것입니다.

사랑하는 이여, 나는 그대의 영혼이 평안함과 같이 그대에게 모든 일이 잘 되고, 그대가 건강하기를 빕니다. (요한3서 1:2)

❖ 묵상 쓰기

우상

내 눈을 막고 흐리게 하는 것
내 안에서 나를 흔드는 것
버려야 한다고 생각하면서 잡고있는 것
설마 설마 하면서 놓지 못하는 것
너무 좋아 성령을 잊게하는 것
간신히 벗어났지만 여전히 죄성을 갖게하는 것
빠질수록 마음에 거리낌이 사라져
눈과 귀를 멀게하는 것
내 마음과 눈(眼)을 닫아 죄성으로 버티는 것
하나님께서 닫아버린 문을 열 수 없는 것
주님보다 좋아하는 모든 것
끝내 영혼마저 버려지게 되는 것
주님의 음성을 듣고 돌아옵니다
"나 외에 우상을 만들지 말라".

그러므로 나의 사랑하는 여러분, 우상숭배를 멀리하십시오. (고린도전서 10:14)

✝ **묵상 쓰기**

세상을 이기었노라

믿음의 뿌리가 흔들리고
역사(役事)하지 못함은
흔들리는 믿음 때문입니다
나의 유익을 구하기 위해
세상속으로 달려갑니다
물질 명예 권력인 축복인 것처럼
사사로운 욕심의 감정에 휩싸여
하나님을 잊어 버립니다
진정 하나님의 축복을 모르기에
내면의 죽음으로 서서히 잠겨갑니다
하나님의 간섭도 모르고
내적 황폐함이 쌓여도 현실을 모른채
세상에 안주하며 살아갑니다
진실한 믿음으로 사는 것을 알지만
흔들림이 있기에 영원히 설 수 없습니다
세상을 구원하신 주님과 하나 되어
영적 승리를 할 때
세상을 이기며 나아갈 수 있습니다.

**하나님에게서 태어난 사람은 다 세상을 이기기 때문입니다.
세상을 이긴 승리는 이것이니, 곧 우리의 믿음입니다. (요한1서 5:4)**

✤ 묵상 쓰기

겟세마네 기도

"가능하시오면 이 잔을 옮겨주소서"
육체적 고통의 두려움이 있지만
죄로 인한 진노의 잔을 지나가게 해달라고
기도할 정도로 영적인 공포를 느끼게 하는 잔
주님이 느끼시는 진솔한 기도
"나의 원대로 마옵시고 아버지의 원대로 하옵소서"
인자(人子)로서
사명을 감당해 낼 수 있을까 하는 두려움
그러나 죽어야 하나님의 뜻을 이룰 수 있기에
시험에 들지 않고 아버지의 뜻을 이루고자 하신다
구세주가 되지 못하게 막는 사탄을 물리치신다
"일어나 함께 가자, 나를 파는 자가 가까이 왔다"
기도의 마무리는 앉았던 자리가 아니다
삶의 현장에서 마무리된다
주님의 고통은 구원을 위한 유일한 반석이기에
십자가가 있는 현장에서 마무리하시기 위해
기도하고 일어서 나아가신다.

아버지께서 나를 사랑하신다. 그것은 내가 목숨을 다시 얻으려고 내 목숨을 기꺼이 버리기 때문이다. (요한복음 10:17)

❖ 묵상 쓰기

십자가

우리를 사랑하시는 하나님
그 분의 마음이 머무는 곳
우리의 죄에 대한 하나님의 안타까움
사망의 권세를 흔들어 놓으신 최고의 승리
주님으로 인해 모두가
하나님과 바른 관계로 돌아와
진정한 사귐을 갖게 되었다
죄를 제거하고 구속하신 성육신의 사건
시간과 영원의 중심이 되어진
가장 확실한 역사적 사건
우리의 체험으로 결코 깨달을 수 없는 하나님의 속성
하나님과 연합되기 위해서는 십자가를 통과해야 한다
그래야 새생명을 얻게된다
구원의 중심
바로 예수님의 십자가.

하나님께서는 모든 사람이 다 구원을 얻고 진리를 알게 되기를 원하십니다.
(디모데전서 2:4)

✤ 묵상 쓰기

내면의 부활

내 생각에만 잠겨 있다면
성령의 계시는 없습니다
말씀을 외면하고 교리에만 빠져있으면
주님의 빛은 임하지 않습니다
"다시 살아날 때까지는
본 것을 아무에게도 말하지 말라"
주님 부활의 겉모습만 보고 말한다면
말씀은 보이지 않고
영적인 생명은 자라질 못합니다
내 마음속의 영적인 부활을 이룬 후에
부활하신 주님의 생명과 연합되어야 합니다
언제쯤
주님의 부활 생명이
내 안에서 싹이 돋아날까요.

예수님이 말씀하십니다. "나는 부활이요 생명이니 나를 믿는 사람은 죽어도 살고, 살아서 믿는 사람은 영원히 죽지 아니할 것이다. (요한복음 11:25)

✛ 묵상 쓰기

영광의 길

십자가를 통과할 때
새생명으로 들어갈 수 있습니다
다시 사신 주님으로 인해
모두가 영광으로 인도되는 것입니다
주님이 이루신 사명의 완성
우리는 하나님의 자녀가 된 영광을 얻었습니다
주님의 영광스러운 몸처럼
변화된 영혼을 가져야
영광의 빛을 나타낼 수 있습니다
그래야 주님 부활의 효력을 알 수 있으며
새로운 생명안에서 거듭날 수 있습니다
고난에 참여하고
고난을 이겨내며
주님과 하나 될 때
영광의 길은 열립니다.

지금 우리가 겪는 일시적인 가벼운 고난은, 비교할 수 없을 정도로 영원하고 크나큰 영광을 우리에게 이루어 줍니다. (고린도후서 4:17)

✤ 묵상 쓰기

주님을 만나면

주님을 만나면 구원의 감격을 드립니다
변화된 모습을 보여 드립니다
과거에 좋아했던 것을 버립니다
내가 뵌 주님을 모두에게 말합니다
내가 주님을 받아드렸듯이
모두가 받아드리도록 전합니다
보이지 않더라도
볼 수 있는 믿음을 원합니다
주님께서 이루신 모든 일을 통해
내가 할 것이 무엇인지를 깨닫습니다
갑자기 오시더라도
"나의 주님"
외칠 수 있도록 준비합니다
지금 내가있는 이 자리에서 당당히
주님의 손을 잡을 수 있도록
기름을 준비합니다.

어리석은 처녀들은 등불을 가졌으나, 기름을 갖고 있지 않았다. (마태복음 25:3)

✜ 묵상 쓰기

못 박힌 죄

이 세상을 구원하기 위해
피와 살과 물을 버리신 주님
십자가에 박혀있는 못에
나의 죄가 박혀 있습니다
지금 나의 삶에 있는 죄도
십자가에서 죽어 없애야 합니다
죄를 죽이려는 결단을 해야 합니다
내 안의 죄가 죽어야
십자가의 주님을 바라볼 수 있는 것입니다
나의 죄는 예수님의 죽으심과 하나 되어
십자가에 박혔습니다
이제 내가 사는 것이 아니라
내 안에 그리스도께서 사신 것입니다.

나는 그리스도와 함께 십자가에 못박혔습니다. 이제 살고 있는 것은 내가 아닙니다. 그리스도께서 내 안에 살고 계십니다. (갈라디아서 2:20)

❖ 묵상 쓰기

옛것을 버리고

죄의 유전이 혈관을 타고
내 몸 구석구석 흐를때
나는 빛이 두려워
세상 구석진 곳으로 달아나곤 했습니다
죄의 결박을 푸는 강한 결단을 내릴때
나를 덮었던 어둠이 사라지고
생명의 빛이 찾아옵니다
주님의 영이 내 안에 들어오면
나는 새롭게 됩니다
세상을 의지했던 모든 것 사라지고
부활생명으로 거듭납니다.

누구든지 그리스도 안에 있으면 그는 새로운 피조물입니다. 옛것은 지나갔습니다. 새것이 되었습니다. (고린도후서 5:17)

✤ 묵상 쓰기

영원한 곳으로

주님 앞에 모든 것 내려놓으면
주님의 거룩한 능력을 체험하면
주님과 함께 나아가면
십자가 구속의 은혜를 품고 나아가면
주님과 화목하게 되면
성령 자체가 주는 권능을 받으면
끝없는 생명의 공급을 받으면
영생의 유일한 근원이신 주님을 믿으면
영원한 그 곳에서
영원한 사랑 누리리라.

이 세상도 사라지고, 이 세상의 욕망도 사라지지만, 하나님의 뜻을 행하는 사람은 영원히 남습니다. (요한1서 2:17)

✤ 묵상 쓰기

짐

늘 무겁게 느껴집니다
옳은 짐인지, 옳지 않은 짐인지
구별할 줄 모릅니다
절망의 짐을 풀어 놓으며
깊은 무덤에서 흐느낍니다
의욕만 가지고 달려가다가
넘어지고 나서야 짐을 쳐다봅니다
피곤에 쩌들어 짐에 깔립니다
주님의 음성을 듣습니다
"모든 짐을 주께 맡기어라
내가 대신 지어주마
너의 짐은 무거우나
내 짐은 가벼우니라."

예수님이 말씀하십니다. "내 멍에는 편하고, 내 짐은 가볍다." (마태복음 11:30)

✤ **묵상 쓰기**

멍에

주님의 멍에는 가벼워
우리의 멍에를 잡아 주십니다
늘 도우시는 주님의 사랑으로
무능한 나에게 힘을 주십니다
주님이 주시는 능력을
알 수 있는 유일한 길은
주님의 멍에를 지고
주님께 배우는 것입니다
평안과 기쁨과 찬송이 있고
멍에로 만들어진 포도주를 마시고
주님의 멍에를 내가 질때
나의 멍에는 가벼워집니다.

그리스도께서 우리를 해방시켜 주셔서 자유를 누리게 하셨습니다.
그러므로 굳게 서서 다시는 종살이의 멍에를 메지 마십시오. (갈라디아서 5:1)

✤묵상 쓰기

심장 뛰듯이

내 생각에 젖어 있어서는 안 됩니다
내 생각에 중요하지 않은 것이
내가 하나님의 피조물이기 때문입니다
세상의 모든 것이 하나님으로부터 왔듯이
세상의 모든 것을
가볍게 여길 수 없습니다
아무리 사소한 것이라도
무시하고 지나가서는 안 됩니다
오늘도 심장이 살아 뛰듯이
내 생각까지도 주관하시는
하나님과의 호흡을 소홀히해서는 안 됩니다
심장이 뛰듯
영혼도 늘 뛰어야 합니다.

온유한 사람들이 보고서 기뻐할 것이니, 하나님을 찾는 사람들아, 그대들의 심장에 생명이 고동칠 것이다. (시편 69:32)

✚ 묵상 쓰기

동굴과 터널

동굴에 있을 때…
막힘, 어둠, 음흉, 고통, 은신,
거짓, 불순, 아집, 탈출, 악(惡)
터널에 있을 때…
통과, 희망, 성공, 흐름, 소통,
순환, 소망, 열정, 지름길, 빛
모든 것이 다 좋을 때…
모든 것을 다 이룰 수 있다고 말하지만
주님이 없다면
동굴에 갇힌 것이나 다름이 없습니다
조그만 걸림돌에 좌절을 느낍니다
어디에 있든지 나의 모든 것 주관하시는
성령님께 모든 것 다 맡기고
세상으로 향하는 다리를 불사르고
주님께 향하는 다리를 놓아갈 때
영적인 깨달음을 통해
터널이 나타날 것입니다.

주님께서 날마다 좋은 생각을 주시며, 밤마다 나의 마음에 교훈을 주시니 내가 주님을 찬양합니다. (시편 16:7)

✤ 묵상 쓰기

의지

감정으로
주님께 다가가고 있는 것 아닌가
내려놓지 못하는 것들로 인해
마음의 불편함이
성령을 거스르는 것은 아닌가
겉으로만 내려놓고
속으로는 욕심이 가득 차 있다면
의지적으로 해결할 수 없으리라
내적의지를 주님께 내려놓을 때
주님과의 관계가 계속되리라.

하나님의 영으로 예배하며, 그리스도 안에서 자랑하며, 육신을 의지하지 않는 우리들이야말로, 참으로 할례 받은 사람입니다. (빌립보서 3:3)

✤ 묵상 쓰기

준비될 때

세상의 모든 성공은 결국 준비된 자의 것이다
하물며 복음사역이야 더 말할 게 무어랴
나의 이름을 부를때
선뜻 대답하지 못한다면
아직 준비가 되지 못한것이리라
할 수 있음에도 하지 않는 게으름이
불순종이나 죄를 불러들인다
작은 일이든 큰 일이든
하나님을 향한 준비는 계속되어야 한다
어느 때 갑작스럽게 나타하시는
하나님의 음성에
여기 있습니다 하며
나갈 수 있도록 준비될 때
나는 하나님의 사람입니다.

그것은 성도들을 준비시켜서, 봉사의 일을 하게 하고, 그리스도의 몸을 세우게
하려고 하는 것입니다. (에베소서 4:12)

✤ 묵상 쓰기

깨어 있으라

경계병이 졸고 있다면
전체가 위태롭습니다
세상 죄에 빠져 영혼이 졸고 있다면
육신 전체가 위태롭습니다
하나님의 능력으로 보호되지않은
인간적 장점은 졸고 있는 것과 같습니다
내 비록 약하고 부족할지라도
하나님의 성령으로 깨어 있다면
어떠한 큰 시련도 이길 수 있습니다
세상의 큰 위기 가운데 있을지라도
성령님은 말씀하십니다
"깨어 있으라".

정신 차리고 깨어 있으십시오. 여러분의 원수 악마가 우는 사자같이 삼킬 자를 두루 찾아 다닙니다. (베드로전서 5:8)

✢ 묵상 쓰기

달란트

세상의 모든 일들은 능력과 실력을
갖추어야 인정을 받습니다
그러나 복음사역의 일은
성령으로 이루어집니다
인간적인 생각으로만
복음사역을 감당할 때
감정이 부딪히면
성령의 선물은 소멸됩니다
그런 나태한 생각을 버리고
성령안에서 열매를 맺도록 해야 합니다
하나님이 우리에게 주신 달란트는
높고 낮음이 아니라
많고 적음이 아니라
크고 작음이 아니라
기쁨으로 순종하는 것입니다.

나에게 능력을 주시는 분 안에서, 나는 모든 것을 할 수 있습니다.
(빌립보서 4:13)

♣ 묵상 쓰기

지금

지금 근심이 있다면 빨리 버려야 합니다
근심하는 영혼은
주님을 아프게 할 것입니다
주님의 모든 사역은 과거나 미래가 아닌
바로 지금입니다
하나님 아버지를 보여 달라는
어리석은 질문에 주님은 말씀하십니다
"바로 나다. 지금 여기 있다."
원하는 것이 많아 성령을 잊을때
지금 무릎을 꿇지 않으면
쓸모없는 것들이
지금 영혼을 어지럽게 합니다
지금 이 순간 주님이 함께 계심을
입술로 고백하고, 마음으로 하나 되면
영혼의 아름다움을 누립니다.

너희의 눈은 지금 보고 있으니 복이 있으며, 너희의 귀는 지금 듣고 있으니 복이 있다. (마태복음 13:16)

✚ 묵상 쓰기

빛

내가 누구인가
내가 나를 모를 만큼 빛을 향하여 달려간다
달리기 시작한 지 얼마 안 되어
마음의 불꽃은 꺼져가고
발자국 소리는 점점 적어지고
심령의 두근거림에 아픔의 싹이 튼다
내 곁에서 나에게 힘을 주시는
그 분이 누구인가
꺼져가는 불꽃 다시 세워 주시는
그 분은 누구인가
말씀에 힘을 얻고
만드신 최초의 그 빛을 따라
오늘도 나아갑니다.

너희는 세상의 빛이다. 산 위에 세운 마을을 숨길 수 없다. (마태복음 5:14)

✤ 묵상 쓰기

같은 마음으로

주님을 향한 집중
주님과 동행하는 것에 집중
주님 안에서 자유함을 얻는 데 집중
주님을 잊고 사는 삶에서는
그 어느 것도 여유가 없다
나의 욕심과 자랑, 명예와 교만이
주님을 멀리하게 된다
주님없이 잠시 기쁠 수도 있겠지만
진정한 자유와 행복은 없다
우리 서로 다르지만
우리 서로 하나 되는 것은
모든 것 주관하시는 주님 안에서
온 마음과 뜻을 변함없이
같은 마음을 가지고
주님께 보여 드리는 것.

**썩지 않는 온유하고 정숙한 마음으로 속 사람을 단장하도록 하십시오.
그것이 하나님께서 보시기에 값진 것입니다. (베드로전서 3:4)**

✚ 묵상 쓰기

영혼 구원

주님 안에 감추어진 생명
그 생명으로 제자가 된다
오늘도 영혼의 울림을 울려 주시는
사랑을 통해 말씀으로 퍼져 나간다
스스로 일어서기를 원하시는 주님
"네가 낫기를 원하느냐"
"네 믿음이 너를 구원하였다"
"오늘 나와 함께 낙원에 있으리라"
"나사로야 나오너라"
영혼의 변화를 통해서
육신이 삶을 보여 주시는 은혜
인간적 방종의 길을 버리고
은혜로 풍성하게된
믿음 충만의 길을 갈 때
우리의 영혼을 감싸주시는 주님.

여러분은 믿음의 목표 곧 여러분의 영혼의 구원을 받고 있는 것입니다.
(베드로전서 1:9)

✤ 묵상 쓰기

그 어느 때

때를 얻든지 못 얻든지 항상 힘쓰라
그때가 언제인지 잘 모릅니다
빨리 그때가 오기를 기다립니다
하고 싶고 얻고 싶은 것 많은데
그때가 언제 오려는지 답답하지만
내 생각속에 머물러
내 생각을 주님께 관철시키고자
그때만을 고집하며 외칩니다
내가 나의 우상이 되어 버립니다
영적으로 나약한 병에 걸려 있습니다
주님도 귀찮아 지려고 합니다. 그러나
주님은 그냥 그렇게 버려두지 않습니다
내가 주님의 손을 잡을 때
그때 주님은 안아주시며
택하신 길을 향해 나아가십니다.

그리스도의 몸도 하나요, 성령도 하나입니다. 이와같이 여러분도 부르심을 받았을 때에 그 부르심의 목표인 소망도 하나였습니다. (에베소서 4:4)

♣ 묵상 쓰기

믿음 아닌 믿음

자기 신념에 사로잡힌 것은
믿음이 아니다
진리를 외면한 종교적 신념에 따라
거짓된 길을 가는 사이비 집단은
진정 믿음이 아니다
믿음은 하나님이 주시며
하나님을 위해 무엇이든지 할
준비가 되어있는 것이다
하나님의 음성을 듣고자 한다면
나의 신념을 과감히 버려야 한다
모든 것 버리고 순종한 믿음의 조상 아브라함같이
끝까지 주님을 붙들은 야곱같이
주님 주신 소명을 이룬 꿈쟁이 요셉같이.

영혼이 없는 몸이 죽은 것과 같이 행함이 없는 믿음은 죽은 것입니다.
(야고보서 2:26)

✤ 묵상 쓰기

진정한 헌신

진정 주님께 몸을 드리는 것
내 몸을 드리기 위한 몸부림
간절한 기도를 통해 알고자 했으나
응답이 없으신 주님
헌신의 부작용이 생활을 어지럽힐 때
느끼는 진리
주님을 향한 완전한 순종이
되어있지 않다면
나의 헌신은 가짜일 뿐
주님께 나가는 것이 욕망이라면
주님께 바라는 것이 명예라면
주님께 구하는 것이 응답이라면
나의 헌신은 그저 보여지는 몸짓일 뿐
진정한 헌신은…
대가를 바라지 않는 헌신
주님이 원하시는 헌신
주님을 알기위한 헌신
주님과 하나 되는 헌신.

주님, 나의 마음을 다 바쳐서 감사를 드립니다. 주님의 놀라운 행적을 쉼 없이 전파하겠습니다. (시편 9:1)

✣ **묵상 쓰기**

주님과 하나 됨

주님과 하나 되기를 원합니다
주님과 연합하기를 원합니다
주님은 원하십니다
주님과 하나되기를 원한다면
세상을 향한 욕심을 버리고
주님을 통해 욕심을 얻기위한
모든 노력을 포기해야 한다
진정 주님의 기쁨이 되는
피조물이 되어야 한다
삶 속에서 소중하게 여기는
모든 것에 대한 관심이 사라질 때
주님과 연합될 것이다
주님과 하나 되기를 원합니다
주님과 연합하기를 원합니다.

그리스도는 우리의 평화이십니다. 그리스도께서는 유대 사람과 이방 사람이 양쪽으로 갈라져 있는 것을 하나로 만드신 분이십니다. (에베소서 2:14)

❖ 묵상 쓰기

어린아이같이

"어린아이와 같아야
천국에 들어올 수 있느니라"
어린아이와 같은 영혼의 아름다움을
주님은 원하십니다
겉으로만 나타내는 신앙의 삶은
눈을 감고 어두운 길을 가는 것입니다
그 길은 슬픔, 한숨, 고통, 눈물이
뿌려져 있습니다
서서히 죽어가는 믿음을 살리는 길은
어린아이와 같은
순수한 영혼을 찾는 것입니다
부모님께 모든 걸 맡기는 아이같이
부모님의 손을 잡고 가는 아이같이
주님의 마음을 잡고
주님과 함께 가는 것입니다.

그러므로 누구든지 이 어린이와 같이 자기를 낮추는 사람이 하늘 나라에서는 가장 큰 사람이다. (마태복음 18:4)

✤ 묵상 쓰기

사랑의 샘

솟는다
아무런 조건 없이 솟는다
그리고 힘차게 흐른다
스스로 모든 것을 받아들이며
구석구석 포근히 적시며
모든 생명의 근원을 따라 흐른다
그 어떤 증거도 바라지 않고
누구의 이야기도 바라지 않고
그 샘에서는 오늘도 자연스럽게
흘러나오고 있다
절대자가 주시는 영혼의 아름다움이
깊게 우러나오며
모두의 삶을 적시고 있다
너무도 귀하고 귀한 샘
성령 안에 있기에.

주님을 경외하는 것이 생명의 샘이니 죽음의 그늘에서 벗어나게 한다.
(잠언 14:27)

✤ 묵상 쓰기

5월

믿음, 소망, 사랑.
이 세 가지는 항상 있으나 그중 제일은 사랑이라

(고린도전서 13:13)

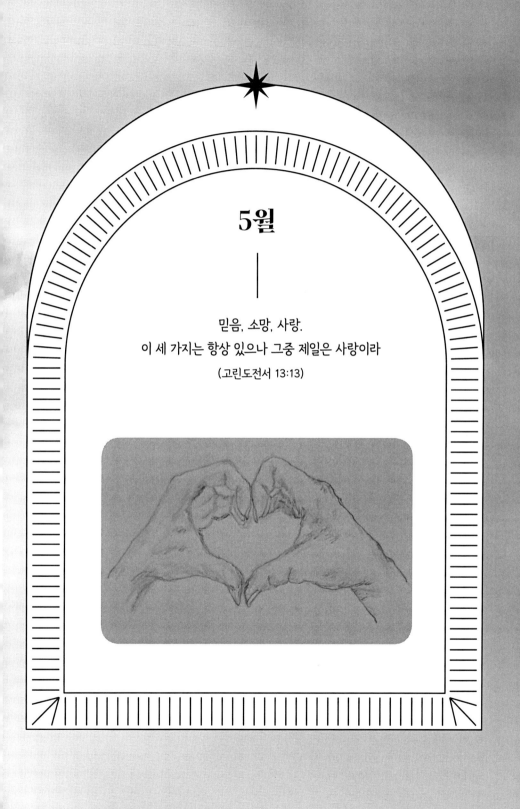

믿음의 힘

믿음은 마음으로만 볼 수 있습니다
주님은 주님의 사역에
모습을 드러내지 않습니다
우리는 주님의 이적을 보고파
슬픔과 고난과 역경에 대해
말하고 싶어 합니다
휘황찬란함으로 믿음의 결과가
등장하기를 기대합니다
하나님이 원하시는 것은
놀라움이나 깜짝 등장이 아닙니다
특별한 영감을 믿음의 힘으로 알고
곁길로 빠지는 것에 늘 조심해야 합니다
믿음의 힘은 평상시
성도가 마땅히 해야 할 의무를
순종하는 것입니다.

나는 선한 싸움을 다 싸우고 달려갈 길을 마치고 믿음을 지켰습니다.
(디모데후서 4:7)

✤ 묵상 쓰기

구원의 잔

영적 목마름
참을 수 없는 신앙의 갈증
세파의 모든 공격을 이기며 나아가는
순간, 순간, 순간
보이지 않지만 보는 것같이
주님을 바라봅니다
주님을 위해 해야 하는 것
세상의 완전함도 아니며
삶의 만족감도 아니고
인내로 만들어 낸 공든 탑도 아니고
영적 교만의 덫을 초월한
주님 주신 구원의 잔을 마시는 것이다
늘 변함없이.

여러분은 믿음을 통하여 은혜로 구원을 얻었습니다.
이것은 여러분에게서 난 것이 아니요, 하나님의 선물입니다. (에베소서 2:8)

✚ 묵상 쓰기

사랑의 기도

다른 사람을 향한 진정한 사랑에
사랑을 더하는 기도
나의 모든 것 내려놓고
오직 남을 향한 하나님의 사랑이
하나가 되도록 간구한다
남의 동정심과 편견에 사로잡힌 기도는
나와 하나님과의 관계를 잃게 된다
모두가 하나님 안에서
하나 되는 기도를 통해
바른 분별력을 키우고
기도의 열매를 거둘 것이다
남을 위한 사랑의 기도가
최고의 기도다.

끊임없이 기도하십시오. (데살로니가전서 5:17)

♣ 묵상 쓰기

하나 되는 기쁨

하나님과 하나 됨을 버리고
하나님의 뜻을 잊고
내 갈 길을 가는 것은
영적 완고함에 물들은
바위덩어리일 뿐
기도는 막히고
갈 길은 더욱 멀어지고
깨달음은 벽에서 머물러 있고
악령의 소용돌이 속에서
하나 되지 못한다
나를 버리고 주님 찾을 때
연민과 염려를 버리고 주를 뵈올 때
내 방식과 생각을 내려놓고 주를 만날 때
주님과 하나 되는 기쁨을 누리리라.

주님은 언제나 나와 함께 계시는 분, 그가 나의 오른쪽에 계시니 나는 흔들리지 않는다. (시편 16:8)

✚ 묵상 쓰기

주님, 그 사랑의 흔적

구원은 오직
하나님의 사랑에서 출발합니다
측량할 수 없는 사랑으로
우리 영혼 가운데 임할 때
하나님의 위대한 사랑은 시작됩니다
주님의 가르침 속에 늘 잠재되어 있는
심판의 싹이 곧 사랑입니다
그 심판의 싹이 갖는 꿈이 복음입니다
복음이 가장 큰 사랑입니다
내 영혼이 옥토같이 풍요로울 때
사랑의 열매는 풍성해질 것입니다
주님의 손, 허리, 발등의 흔적에서
복음은 시작됩니다.

주님의 말씀은 영원히 있다. 이것이 여러분에게 복음으로 전해진 말씀입니다.
(베드로전서 1:25)

✦ 묵상 쓰기

자유함

우리는 삶의 멍에를 던져버리고
내 맘대로 훨훨 날고 싶을 때
자유를 만끽한다고 한다
그러나 그것은 잠깐일 뿐
또 다른 멍에가 달려와 매달리고 있다
세상에 있는 자유는
자유함이 없는 자유일 뿐
내 생각과 다른 갈등의 자유일 뿐
내 믿음을 기준으로 삼은 사상의 자유일 뿐
유일한 자유함은
나의 영혼 속에서 역사하시는
그리스도의 복음을 누리는 자유함이리라.

여러분은 자유인으로 사십시오. 그러나 그 자유를 악을 행하는 구실로 쓰지 말고, 하나님의 종으로 사십시오. (야고보서 2:12)

✤ 묵상 쓰기

제자의 자리

하나님을 위해 아무것도
할 수 없는 우리들
무엇 하나 내세울 수 없는데
제자의 자리를 내어 주시며
그 자리를 채우라고 하시네
아낌없이 주신 그 자리
내 생각으로 세울 수 없는 그 자리
내가 나를 미워하고
나의 욕심을 버리고 나아갈 때
제자의 자리에 서게 되리라
엄격한 조건의 자리지만
더 할 수 없는 크나큰 영광의 자리
나의 십자가 지고 제자로 나아갈 때
주님 나라 세워지리라.

그러므로 이와 같이 너희 가운데서 누구라도 자기 소유를 다 버리지 않으면 내 제자가 될 수 없다. (누가복음 14:33)

♣ 묵상 쓰기

신앙의 인내

참고 견딤
더 이상 견딜 수 없을 때까지
연약한 동정심이 아닌 것
영원한 진리를 찾지 못할 때
시간이 멈추고
공간이 사라져 버린 순간
주님의 사랑을 바로 알 때까지
주의 권능의 중심으로 갈 때까지
구하는 것이 아니라
기도로 이루어질 때까지
주님 위해 죽는다 해도
그 순간까지.

하나님의 계명과 예수를 믿는 믿음을 지키는 성도들에게는 인내가 필요하다.
(요한계시록 14:12)

❖ 묵상 쓰기

VISION(비전)

성령의 충만함이 넘칠 때
신앙의 그림은 그려집니다
공의와 자비의 손길만을 탐내며
순종의 길은 벗어난다면
영혼은 갈 바를 모르고 황폐해질 것입니다
주님 주신 VISION이 아니면
하나님을 볼 수가 없습니다
나의 능력과 나의 행동만으로
나의 이상적 추구만으로
열심히 뛰어간다면
VISION은 사라지고
고난의 내리막길을 따라
고통의 함정에 머물 것입니다
겸손히 그리스도의 열정으로 일어설 때
VISION은 활짝 열립니다.

내 원수들이 주님의 말씀을 잊어버리니 내 열정이 나를 불사릅니다.
(시편 119:139)

✤ 묵상 쓰기

지금 하라

주님의 말씀을 듣고
머뭇머뭇거리다 후회하는 신앙
결단의 마음을 강하게 하여
당장 믿음으로 행하여야 한다
지금 당장 하라
주님께서 하시는 일은
우리가 할 수 없고
우리가 할 수 있는 것은
주님께서 하지 않으신다는 사실
우리를 구원하시고 거룩하게 하시는
주님의 창조 역사가 늘 함께하기에
지금 믿음의 발판을 딛고 서서
주도적으로 해야 한다
습관이 되어 저절로 행할 수 있도록
지금 하라
시작하라 지금.

나는 알파며 오메가, 곧 처음이며 마지막이요. 시작이며 끝이다.
(요한계시록 22:13)

✢ 묵상 쓰기

사랑의 훈련

사랑도 훈련되지 않으면
바로 설 수 없습니다
사랑은 자발적인 모습일 때
아름답습니다
자연적인 사랑이든
영적인 사랑이든
사랑은 주님 주시는
은혜의 영양소를 받아
훈련되어야 의미가 있습니다
나를 향하신 주님의 사랑을 근본으로 하여
다른 사람을 사랑할 수 있도록
사랑도 훈련되어야 합니다
이제 나의 겉치레 위선을 부수고
주님 사랑을 본받아 훈련으로 성숙해져
근본적인 사랑을 유지해 나가리라.

미움은 다툼을 일으키지만 사랑은 모든 허물을 덮어준다. (잠언 10:12)

✤ 묵상 쓰기

길 잃은 습관

진실하게 경건해지려는 습관은
주님과 함께하는 시간입니다
형식적 경건은
주님과 함께하는 시간이 아니라
나를 앞세우는 습관임을 두려워 합니다
정해진 시간에 기도하려다 놓쳐
아쉬움이 짙게 깔리는 것
성경의 분량을 꼭 읽어야 한다는 강박관념
눈에 드러나는 선한 일을
매일 해야 한다는 강압적 습관
습관이 어느덧 우상이 되어 삶을 지배한다면
주님과의 교제는 사라지고
길 잃은 습관만이 나의 주위를 맴돌고 있습니다
주님 안에 들어가 나의 구주가 되도록
습관을 넘어 사명이 되게 하소서.

**어떤 사람들의 습관처럼 우리는 모이기를 그만하지 말고, 서로 격려하여 그날
이 가까워 오는 것을 볼수록 더욱 힘써 모입시다.** (히브리서 10:25)

✤ 묵상 쓰기

선한 마음

영혼의 눈으로 주님을 바라봅니다
오늘도 변함없이
주님과 함께하는 소명을 따릅니다
내 마음은 항상
주님과 완전하신 사랑에 따라
나의 발길은 나아갑니다
주님의 선하시고 기뻐하시는 뜻이
내 마음 깊숙이 들려옵니다
내 마음이 흐려질 때
영혼의 교제는 어두워지며
내면 세계의 질서는 파괴됩니다
늘 변함없는 선한 마음으로
영혼 세계의 맑은 샘물이
솟아나도록 기도합니다.

마음이 가난한 사람은 복이 있다. 하늘나라가 그들의 것이다. (마태복음 5:3)

✤ 묵상 쓰기

고난

어려움이 닥치면
갈등 불만 불평 억울함 초조함이
마음 문을 두드립니다
주님을 따른다고 하면서도
고난의 길에서 주님을 원망합니다
기다리시며 침묵하시는 주님께
응답을 강요합니다
고난을 스스로 선택했건만
주님을 향해 해결책을 달라고
억지의 기도로 외칩니다
주님 주시는 섭리 가운데
고난을 도우시는 주님의 사랑을 알게 하시며
길이 되시고 진리되시며 생명되시는
주님의 새로운 빛을 주심을 알 수 있습니다
주님이 드러내는 향기를 통해
고난이 생명의 빛이 되기를 소망합니다.

그리스도인으로서 고난을 당하면 부끄러워하지 말고, 도리어 그 이름으로 하나님께 영광을 돌리십시오. (베드로전서 4:16)

✤ 묵상 쓰기

담

나의 삶의 목표는
언제나 주님을 드러내는 것입니다
주님 지신 십자가를 높이 드는 것입니다
그러나 조금만 어려워도
주님을 잊고 높은 담을 쌓습니다
구원의 기억을 잊고 있습니다
주님의 자녀됨을 잊고 있습니다
막혀진 담을 보며
원망의 줄기가 담을 타며 오릅니다
주님을 의지하며
찢겨진 빵과 쏟아지는 포도주를 품에 안으며
높은 담을 뛰어넘습니다.

우리는 진리를 환히 드러냄으로써, 하나님 앞에서 모든 사람의 양심에 우리 자신을 떳떳하게 내세웁니다. (고린도후서 4:2)

♣ 묵상 쓰기

부요함

주님 없는 부요함은
결국 죄악의 길로 가는 것입니다
세상 속에는 걱정의 무리들이 넘칩니다
돈 걱정, 집 걱정, 물질 걱정, 자녀 걱정…
자기 생각에 빠진 심각한 죄입니다
걱정은 끝없는 영적 갈증을 느끼게 합니다
세상에 속한 헛된 부요함을 통해
교훈을 주시는 주님
주님의 위엄과 은혜가
우리 안에서 풍성하게 넘치고
영적 부요함으로 기쁨이 되면
나를 통해 모두에게
아름답게 흘러갈 것입니다.

근심하는 사람 같으나 항상 기뻐하고, 가난한 사람 같으나 많은 사람을 부요하게 하고, 아무것도 가지지 않은 사람 같으나 모든 것을 가진 사람입니다.
(고린도후서 6:10)

✤ 묵상 쓰기

올라가심

다시 사신 주님을 통해
누구에게라도 영원한 생명을
줄 수 있는 권한을 받았습니다
스스로 사람의 아들이 되셔서
모든 것을 할 수 있음에도
스스로 내려놓으시고
모두의 죄를 구하셨던 주님
올라가심을 통해
내려오심을 약속하시고
변화된 모습을 통해
완전함을 보여 주시고
회복된 권능의 역사를 나타내십니다.

**너희를 떠나서 올라가신 이 예수는 하늘로 올라가시는 것을 본 그대로 오실 것
이다. (사도행전 1:11)**

♣ 묵상 쓰기

오직 한 길

그 길에는
모든 게 다 존재합니다
이름 모를 잡초
해와 달과 별
각종 물고기
수많은 과일과 곡식
그리고 동물들
주님 주신 그 길을 따라
각각 자신의 역할을 넉넉히
감당하며 나아가고 있습니다
우리도 각자의 위치에서
단순하고 꾸밈없이 믿음으로 살며
오직 그 한 길만을 따라 살아갑니다
주님께만 집중된
그 길을 따라.

예수께서 말씀하셨다. 나는 길이요, 진리요, 생명이요, 나를 거치지 않고서는, 아무도 아버지께로 갈 사람이 없다. (요한복음 14:6)

✤ 묵상 쓰기

최후의 승리

환난은 어둠의 역사입니다
환난은 우리를 주님 사랑으로부터
떼어 내려고 안간힘을 씁니다
환난 때문에
주님이 우리를 사랑하시는 것이
절대 아닙니다
환난을 이기는 것은
주님의 사랑입니다
주님의 사랑 때문에
환난 가운데서도 일어설 수 있습니다
누구도 환난을 면제받을 수 없지만
환난 속에서 함께하시는
주님의 사랑을 느낄 수 있습니다
주님의 사랑을 통해
최후의 승리자가 됩니다.

하나님은 나를 지키는 방패요, 마음이 올바른 사람에게 승리를 안겨 주시는 분이시다. (시편 7:10)

✙ 묵상 쓰기

새로운 나

새로워지는것
어제보다 오늘이
오늘보다 내일이
조금씩 변화되며
주님과 하나 되는 것
한동안 나의 생각과 논리가
나에게 머물러 있겠지만
거듭남의 손길로 만져주시는
나의 영혼은 새 생명이 되리라
기분에 따라 물결치던 나의 삶 속에
영적인 결단과 담력이 차오를 때
새롭게 변화된 나
주님의 사랑으로 우뚝 서리라.

내가 미소를 지으면 그들은 새로운 확신을 얻고, 내가 웃는 얼굴을 하면 그들은 새로운 용기를 얻었다. (욥기 29:24)

✤ 묵상 쓰기

하나님 나라

세상의 가치 기준은
잘 사는 것, 출세하는 것, 좋은 차 타는 것,
돈 많은 것, 좋은 집에 사는 것
이런 것에 관심을 갖고
이루려고 자신도 잊은 채
정신없이 뛰고 달리고 있다
"내일 일을 위하여 염려하지 말라"
주님 말씀이지만
우리는 너무 염려가 많아
하나님을 잊은 채 살 때가 있다
하나님 나라는 오직
하나님과의 관계를 바르게 하고
그 관계를 유지하며
나의 모든 것 되시는
주님의 말씀에 순종하는 것이다
하나님 나라는 훈련된 자만이
들어가는 것이다.

**예수님이 말씀하셨다. "내가 진정으로 너에게 말한다.
누구든지 다시 나지 않으면 하나님 나라를 볼 수 없다."** (요한복음 3:3)

✤ 묵상 쓰기

주님의 계획

아이를 잃은 고통

사업 실패에 따른 어려움

사람과의 갈등

이런 우리들의 계획에 주님은

조용히 지켜보십니다

이런 모든 일들을 통해

주님은 주님이 하시고자 하는

목적을 위해 우리의 기도를 허락하십니다

주님은 우리의 기도에

응답을 하시기전에

우리의 삶을 통해 순종을 기다리시며

순종의 마음으로 기도할 때

주님의 마음을 분별할 수 있는

지혜를 주십니다

주님은 우리와 늘 함께하시려는

놀라운 계획을 갖고 계십니다.

하나님의 계획은 때가 차면 하늘과 땅에 있는 모든 것을 그리스도 안에서 그분을 머리로 하여 통일시키는 것입니다. (에베소서 1:10)

❖ 묵상 쓰기

다 내려놓으라

기도할 수 있는데 왜 염려하십니까
주님이 우리를 돌보지 않는 것 같은
생각이 자꾸 들어 삶 속에 염려의 뿌리를
내리고 있습니다
염려는 주님을 믿지 못하는 불신앙
아무리 작고 작은 염려라도
내 마음속에 있다면
삶 속에 심어 논 말씀은 질식될 것입니다
주님은 지금도 말씀하십니다
"다 내려놓으라, 모든 염려를".

그러므로 이렇게 구름 떼와 같이 수많은 증인이 우리를 둘러싸고 있으니, 우리
도 갖가지 무거운 짐과 얽매는 죄를 벗어버리고 우리 앞에 놓인 달음질을 참으
면서 달려갑시다. (히브리서 12:1)

✤ 묵상 쓰기

절망

한 치 앞도 볼 수 없는 어둠
믿음 소망 사랑 기쁨 은혜 그리고
밝은 미래가 보이지 않을 때
내가 내 자신을 어떻게 할 수 없을 때
오직 주님만이 하실 수 있을 때
그때 주님은 움직이십니다
나의 알량한 자존심
허세 허풍 자랑 욕심 그리고
주님 없어도 할 수 있다고 교만할 때
주님은 보고만 계십니다
절망 속에서 기쁨을 찾는 길은
주님이 움직일 수 있도록 먼저
말씀에 귀 기울이는 것입니다.

내 양들은 내 목소리를 알아듣는다. 나는 내 양들을 알고, 내 양들은 나를 따른다. (요한복음 10:27)

✚ 묵상 쓰기

멋진 시험

주님이 주시는 인생
그 길을 가려고 하면 주님은 반드시
시험의 장소에서 기다리십니다
먼저 나의 모든 아집을 내려놓고
주님의 손을 잡는 시험을 보게 될 것입니다
어설픈 착함, 가식적 봉사, 형식적 미소,
욕심을 좇는 행위 이런 과목들을 통해
선택의 장소에 서게 될 것입니다
시험이 끝나고
주님은 말씀하십니다
"너는 내 앞에서 행하여 완전하라."

그대가 보는 대로 믿음이 그의 행함과 함께 작용을 한 것입니다.
그러므로 행함으로 믿음이 완전하게 되었습니다. (야고보서 2:22)

✚ 묵상 쓰기

기도의 응답

기도는 삶 자체이다

기도는 호흡이다

기도는 심장이다

늘 저절로 나오는 기도의 습관이 필요하다

기도는 늘 응답되고 있습니다

우리가 구할 것을 미리 아시는 주님

주님의 말씀을

내 생각 내 상식에 맞추려는 위험

내 기준에 따라 판단하는 어리석음

이때 주님은 침묵하십니다

기도는 주님의 초자연적 계시입니다

기도의 응답은

즉시, 기다린 후, 바꿔주심, 침묵 그리고

거절을 통해 주님과 하나 되게 하는 훈련입니다.

주님은 나에게 응답해 주실 분이시기에, 제가 고난을 당할 때마다 주님께 부르짖습니다. (시편 86:7)

✚ 묵상 쓰기

승천의 증거

「그때에 갑자기 하늘로부터
급하고 강한 바람 소리 같은 소리가 났고,
그것이 그들이 앉아 있던 온 집안을 가득 채웠다.
그리고 마치 불의 혀같이 갈라진 혀들이,
그들에게 나타나 모든 사람
하나하나 위에 내려와 앉았다.(행2:2~3)」

하늘에 오르사 영광을 받으신 직후
성령은 이 세상에 오셨다
지금도 계시고 앞으로도 영원히 계실 주님
성령을 영접하며 성령대로 살고자 합니다
주님은 그리스도시요
살아계신 하나님의 아들임을 늘 고백하며
주님을 따르는 일에 영원히
멈추지 않을 것입니다.

이 말씀을 하신 다음에, 그가 그들이 보는 앞에서 들려 올라가시니 구름에 싸여 보이지 않게 되었다. (사도행전 1:9)

✤ 묵상 쓰기

주님과 하나 되는 날

주님께 묻고 싶은 게 너무도 많습니다
직접 주님의 음성을 듣고 싶습니다
주님을 언제나 직접 만날 수 있나요
부활 후 승천의 자리에서
우리의 생명 되신 주님의 모습을 뵙고 싶어요
세파에 시달릴수록 주님의 음성이
더욱 그리워집니다
「너희는 너희 마음으로 하여금
근심하게 하지 말고, 반대로
너희는 하나님을 믿어라,
또한 나를 믿어라(요14:1)」
나의 마음이
주님의 부활 생명과 하나 될 때
주님은 붙들어 주십니다.

우리가 그의 죽으심과 같은 죽음을 죽어서 그와 연합하는 사람이 되었으면,
우리는 부활에 있어서도 또한 그와 연합하는 사람이 될 것입니다. (로마서 6:5)

✚ 묵상 쓰기

주님과의 관계

주님으로 이름으로 기도합니다
성령에 의해 주님과 하나 됩니다
그리스도이시며 살아계신
하나님의 아들이시며
주인되시기에 따르옵니다
주님의 이름으로 구하라고 하십니다
아무런 방해 없이 주 앞에 나아갑니다
하나님의 말씀에 의지하여
힘을 얻고 나아갑니다
많은 장애물이 있지만
주님의 손을 잡을 수 있어서
당당히 설 수 있습니다
주님은 나의 모든 것 되시는
삶의 주권자이십니다.

내가 진정으로 너희에게 말한다. 주인은 자기 모든 재산을 그에게 맡길 것이다.
(마태복음 24:47)

✤ 묵상 쓰기

머뭇거릴 때

믿음으로 과감히 나가야 할 때
세상과 다른 주님의 말씀에
말도 안 되는 것 같아
머뭇머뭇합니다
내 생각으로는
될 수 없다고 느낄 때
주님은 내 생각을 단호히 깨뜨리고
나가기를 원하십니다
주님께서 새로운 기회를 주시면
믿음으로 받고
순종의 마음으로 나가야 합니다.

깨어 있으십시오. 믿음에 굳게 서 있으십시오. 용감하십시오. 힘을 내십시오.
(고린도전서 16:13)

✤ 묵상 쓰기

내 안에 계셔서

홀로 영광 받으시는 주님
하나님의 사랑이 충만하시기에
모든 것 다 내어 주시고
구원의 역사를 만드셨습니다
순종이 아버지의 뜻이기에
모든 고통을 이기고
모든 죄악을 이기고
새로운 삶의 결정체를 보여 주셨습니다
우리의 삶에서
주님의 사랑을 채우라고 합니다
지금도 내 안에 계셔서
어린아이와 같은 순종을 원하십니다
사랑의 주님
늘 주님 안에 있겠습니다.

그러므로 여러분은 주 안에서 기쁜 마음으로 그를 영접하십시오.
또 그와 같은 이들을 존경하십시오. (빌립보서 2:29)

✤ 묵상 쓰기

6월

주는 그리스도시요
살아계신 하나님의 아들이십니다.

(마태복음 16:20)

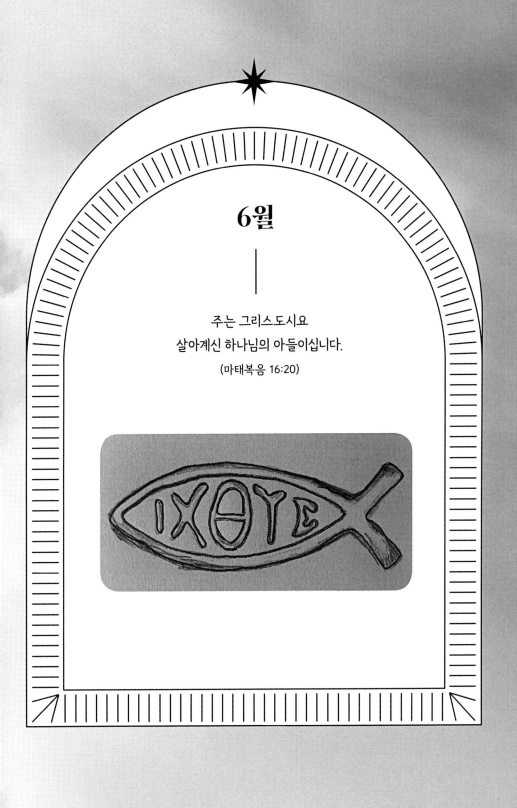

행함을 위해

내 안에 주님이 이루신 일들이
살아 숨쉬며 역사하십니다
말씀을 묵상하며, 기도로 하나 되며
믿음을 쌓아갑니다
그러나 내가 진정 주님을 위해 변화되었을까
정말로 크신
주님의 능력과 은혜로 말미암아
내가 보여줄 수 있는게 무엇인가
주님을 향한 믿음과
주님을 위해 행하는 사람이 되어야 하리라
믿음은 행함이 주는 열매를 맺기 위해
하나씩 하나씩 쌓아가는 것이다.

누가 믿음이 있다고 말하면서도 행함이 없으면 무슨 소용이 있겠습니까?
그런 믿음이 그를 구원할 수 있겠습니까? (야고보서 2:14)

✤ 묵상 쓰기

얽매임

우리는 어떤 무언가에
순간 순간 얽매여 끌려가고 있다
살아가면서 순간순간 얽매임이
우리의 영혼을 흔들고 있다
지식에, 명예에, 열심에, 물질에, 건강에
얽매일 때, 얽매임의 올가미가
영혼의 어지러움 속에서 죄를 불러온다
오직 주님 안에 있어야 한다
갓난 아이가 엄마의 품안에 있듯
순수하고 간절함으로
주님 품안에 있을 때
우리 영혼은 쉼을 얻는다.

> 그러나 지금은 우리를 옭아맸던 것에 대하여 죽어서 율법에서 풀려났습니다. 그래서 우리는 문자에 얽매인 낡은 정신으로 하나님을 섬기지 않고, 성령이 주시는 새 정신으로 하나님을 섬깁니다. (로마서 7:6)

✤ 묵상 쓰기

친밀함

내가 나를 친밀하게 느끼는
비밀스러움은 기쁨입니다
내가 기쁘면 행복감에 젖어
나의 영혼은 미소를 띠웁니다
주님과의 진정한 친밀함은
주님의 비밀을 알게되는 놀라운 사건입니다
주님이 나를 통해 정하신 길은
친밀함을 통해 밝게 보일 것입니다
주님과의 친밀함을 통해
삶 속에서 아주 작은 일이라도
주님의 사랑을 느낄 것입니다.

나는 주님의 한결같은 사랑을 의지합니다. 주님께서 구원하여 주실 그때에, 나의 마음은 기쁨에 넘칠 것입니다. (시편 13:5)

✤묵상 쓰기

버리지도 떠나지도

우리는 모두 죄인입니다
주님을 믿습니다 하면서도
늘 두려움에 전전긍긍합니다
조금 평안해지면
모든게 내가 잘해서 된 것처럼
주님을 잊고
내 고집과 내 생각으로 달려갑니다
그러나 넘어져 고난의 함정에서
다시 주님을 찾습니다. 그리고 원망합니다
주님, 왜 날 버리셨나요
주님은 말씀하십니다
"내가 너를 버리지도 떠나지도 않았다
네가 나를 잠시 잊은것 뿐."

그리스도께서 우리를 위하여 죽으신 것은, 우리가 깨어 있든지 자고 있든지,
그리스도와 함께 살게 하시려는 것입니다. (데살로니가전서 5:10)

✤ 묵상 쓰기

으뜸음

힘들고 어려울때만
주님의 음성을 들으려고 합니다
좌절과 두려움을 느끼는 것은
내 생각에 빠져
주님의 음성을 듣지 못하기 때문입니다
입으로는 주님을 찬양하나
내 영혼은 갈 바를 몰라 헤맵니다
거인 앞에 아이처럼
벌벌 떨며 세상을 원망합니다
주님의 말씀을 으뜸음으로 들을 때
도우시는 손길을 볼 것입니다.

그러므로 믿음은 들음에서 생기고, 들음은 그리스도를 전하는 말씀에서 비롯됩니다. (로마서 10:17)

✤ 묵상 쓰기

가장 깊은 선물

전능하신 하나님께서
우리의 깊은 곳에
결코 흔들리지 않는 것을 주셨네
창조하실 때
깊게 넣어주신 선물
결코 변하지 않는 선물
"의지(意志)"
죄는 보고 느끼는 것으로 오나
의지는 하나님께서 주신 근원이므로
의지 속에 내재된 하나님의 사랑을
호흡처럼 같이하고 있네
거듭나면 날수록 무한히 솟구치는 의지
하나님은 뜻을 세우기 위한 귀한 선물이네.

사람을 두려워하면 올무에 걸리지만, 주님을 의지하면 안전하다. (잠언 29:25)

❖ 묵상 쓰기

점(點), 선(線), 면(面)

겨자씨만 한
점(點)
점이 중심 되어
믿음이 출발하며
길게 이어지는
선(線)
믿음의 선상에 쌓여가는
말씀과 기도
선이 동그라미를 그리며
새롭게 만들어 낸
면(面)
사랑으로 가득 찬 세상을 주신
하나님을 위해
내 마음의 점·선·면

태초에 하나님이 천지를 창조하셨다. (창세기 1:1)

✤ 묵상 쓰기

열심을 넘어

배가 항구에 있으면 안전하다
내가 주님께 있으면 안전하다
배가 늘 항구에 있다면 배가 아니다
내가 늘 세상에 있다면 내가 아니다
배는 항구를 떠나
바다로 나가야 가치가 있다
나는 믿음을 품고
행함으로 나가야 한다
배가 폭풍을 만나면
폭풍을 이기고 나가야 한다
나는 주님 주신 사명을 위해
고난을 이기고 나가야 한다.

하나님이 바라시는 뜻이라면, 선을 행하다가 고난을 받는 것이, 악을 행하다가 고난을 받는 것보다 낫습니다. (베드로전서 3:17)

✤ 묵상 쓰기

영혼의 결핍

배 부르고 좋은 것 갖고 있고
자랑할 것 많으면
육신의 만족감 때문에
더 이상 구하려고 하지 않는다
절망적 상황이 인생의 문을 두드리면
과거의 늪으로 빠지면서
미래를 보려고 하지 않는다
구하여도 얻지 못함은
과거의 욕심이란 밧줄이
당기고 있기 때문이다
육신의 만족감보다 먼저
영혼의 만족감을 찾아 나서야 한다
주님께 구하는 것은 오직 영적 만족감이다
영혼이 잘 되야 모든게 잘 되므로.

내 영혼이 잠잠히 하나님만을 기다림은 나의 구원이 그에게서만 나오기 때문입니다. (시편 62:1)

✚묵상 쓰기

영적 완성

나의 갈급함은 무엇으로 채우나
목마른 사슴 시냇물 찾듯
오랜 기도의 만족감
열정적 찬양의 행복감
뜨거운 예배의 감격
멋진 체험들이 주는 믿음의 안위
그러나 시작일뿐
신앙 체험은 끝이 아니고 시작일뿐
두드리고 두드리는 신앙
열릴 때까지 두드리면 열리는 것은
영혼의 문
자아 실현의 문을 닫고
영혼 완성의 집을 지으리라.

하나님, 사슴이 시냇물 바닥에서 물을 찾아 헐떡이듯이, 내 영혼이 주님을 찾아 헐떡입니다. (시편 42:1)

✤ 묵상 쓰기

이끌림

"오라" 주님 말씀에
"잠깐만요, 나를 위해 쌓아 놓은 게 너무 많아요"
한 발은 주님을 향해
다른 한 발은 나를 위해 머물 때
"내게로 오라"
주님의 부르심을 듣는다
죄를 멈추게 하는 성령의 역사하심으로
생명의 영이 들어오고
생동감 넘치는 영혼의 기쁨에 따라
조금씩 이끌려 영광의 자리에 선다
"내가 너를 쉬게 하리라"

하나님께서 주시는 고마운 선물과 부르심은 철회되지 않습니다. (로마서 11:29)

✛묵상 쓰기

당당함

"대단하십니다"
"너무 멋져요"
"훌륭하십니다"
"잘 하셨어요"
교회 안에서 이런 말은 필요치 않다
성도는 주님의 제자입니다
제자는 개인적 욕심과 교만과 자랑에서
벗어나서 자유해야 한다
인간적 교만은 자기 신성화이다
맡겨진 사명을 포기하는 것은 교만이다
인간적 당당함은 주님을 무시하는 것이다
주님의 일의 결과는 오직 수고뿐이다
"수고하셨습니다"
영적으로 당당할 때
주님의 제자로 쓰일 것이다.

의인의 수고는 생명에 이르고, 악인의 소득은 죄에 이른다. (잠언 10:16)

✣ 묵상 쓰기

놀라운 샘물

말라버린 샘물은
그저 맨 땅일 뿐
생명이 자랄 수 없는 곳
내 마음이 맨 땅이라면
주님 앞에 갈 수 없습니다
강퍅한 마음은 모든 것을 막습니다
먼저 나를 내려 놓으면
조금씩 샘이 솟기 시작합니다
솟아나는 샘물에는
사람들이 모이고, 대화가 쌓이고,
아름다움이 넘칩니다
샘물이 깊고 깊은 우물이 되어
영혼의 갈증을 씻어 줍니다.

생명의 샘이 주님께 있습니다. 우리는 주님의 빛을 받아 환히 열린 미래를 봅니다. (시편 36:9)

✤ 묵상 쓰기

늘 아무 때나

내 안에 계신
주님이 주신 귀한 영혼
구속(救贖)의 선물로 주신 음성
"내 안에 거하라"
그러나 나의 생각이 앞설 때
주님도 방해가 되어
믿음이 장애물로 변하고
신앙은 멈춰 버린다
주님 주신 평강은 어디에 있을까
주님, 이것만 잘되면 다시 올게요
계속 머뭇머뭇
어느 상황이든지, 어느 곳에 있든지
늘 아무 때나 주님 안에 있어야 된다
"내 안에 거하라."

누구든지 예수를 하나님의 아들로 시인하면 하나님이 그 사람 안에 계시고, 그 사람은 하나님 안에 있습니다. (요한1서 4:15)

✤ 묵상 쓰기

성장통

주님을 모르다고 외친 베드로
너무 괴로워 합니다
부활하신 주님의 못자국을 만진 도마
부끄러워 합니다
순간 순간 변하는 믿음의 갈등
주님 앞에 감추고 싶습니다
의무 때문에 억지로 하는 순종은 아닌지
보여주기 위한 그럴듯한 봉사는 아닌지
나를 내세우는 형식적 헌신은 아닌지
반복되고 무덤덤하고 따분한 신앙생활은 아닌지
신앙 생활을 돌아보며 생각합니다
친히 제자들의 발을 씻기신 주님을 생각하며
주시는 은혜에 감사하며
순종의 삶으로 변화하고자
오늘도 무릎을 꿇습니다.

주님께서 말씀을 하신다. "내가 살아 있으니 모든 무릎이 내 앞에 꿇을 것이요. 모든 입이 나 하나님을 찬양할 것이다" (로마서 14:11)

✤ 묵상 쓰기

충성

친구 되어 주신 주님
마음 다해 주님께
내 삶을 내려 놓아야 합니다
힘들고 어렵지만
그러하기에 더욱 더욱
감사의 마음을 담아
내 삶을 드려야 합니다
매일 매일 기쁨을 위해
매일 매일 드려져야 되는 삶
엄청난 대가로 받은
구원의 감격을 이루는 삶
참친구 되신 주님께
오직 충성
오직 충성.

공평하게 사는 사람의 길을 보살펴 주시고, 주님께 충성하는 사람의 길을 지켜 주신다. (잠언 2:8)

✚ 묵상 쓰기

비판하지 말라

세상 속에서 비판은 삶의 일부분이나
영혼의 세계에서는 서로를 비판해서는 안 된다
오직 성령님만이 비판하기 때문이다
비판하려는 사람은
이미 영혼이 어둠의 지배하고 있다
우월감, 교만, 자아의식, 선입견…
자신을 에워싸는 사탄의 전략적 움직임에
비판은 나를 정죄합니다
먼저 서로 인정하고 신뢰하며
비판에 앞서 권면과 권유, 사랑과 온유로
비판의 뿌리를 제거하는
영적 대청소를 해야 한다.

나는 많은 사람에게 비난의 표적이 되었으나, 주님만은 나의 든든한 피난처가
되어 주셨습니다. (시편 71:7)

✤ 묵상 쓰기

어려움 속에서

이게 정말, 주님의 뜻인가요?
문제가 닥쳐야 주님께 나갑니다
내 생각에 빠져 나오지 못할 때
나도 침몰합니다
주님을 보지않고 상황을 보다가
주님마저 알아볼 수 없게 됩니다
"왜 의심하느냐"
온전히 주님을 신뢰하지 못할 때
나의 모든 것 주님께 던지지 못합니다
나의 영혼까지 주님께 맡길 때
주님의 음성이 생생하게
나의 마음에 들어옵니다
"나를 믿으라."

만군의 주님, 주님을 신뢰하는 사람에게 복이 있습니다. (시편 84:12)

✤ 묵상 쓰기

주님만을 위한 헌신

주님,

지금 제가 주님께 헌신하고 있습니까?

아니면 교회의 사역에 헌신하고 있습니까?

교회에 보여지는 것에 또는 보이기 위해

일을 완수하기 위해 힘들지만

해야 하기에 하는 것은 아닌지요

주님,

성령에 감동되어

진정 주님의 제자 되기 위해

나를 버리고, 오직 주님만을 향한

헌신이 되기를 원합니다.

네 갈 길을 주님께 맡기고, 주님만 의지하여라. 주님께서 이루어 주실 것이다.
(시편 37:5)

✚ 묵상 쓰기

주님을 위한 기도

주님의 구속(救贖)의 역사가
나에게 흐르고 있듯
나 역시 다른 사람에게도
속죄가 실현되도록 힘써야 합니다
내가 나만을 위한 기도는
기도이기 전에 구하는 욕심일 뿐
구하기 전에 모든 걸 아시는 주님께서
욕심부리지 말라 하시겠지
진정 주님을 위한 기도는
구원을 받은 자로서
남을 구원하기 위한 기도입니다.

소망을 품고 즐거워하며, 환난을 당할 때에 참으며, 기도를 꾸준히 하십시오.
(로마서 12:12)

✝ 묵상 쓰기

그리스도의 완성

나에게는 하고 싶은 욕망들이
끊임없이 꿈틀대고 있다
자꾸만 내가 내 속에 있는 세계만 들여다보며
나를 삶에 중심에 놓으려 한다
어느 순간,
하나님과 올바른 관계를 갖지 못한 체
서서히 방황의 길로 빠진다
속죄의 권리도 서서히 힘을 잃고
구속의 완성은 균열을 보이며
그리스도의 계절은 황량한 벌판을 향해 나가고 있다
내가 다시 의롭게 될 수 있는 유일한 길은
내 속에 그리스도의 완성이 이루어질 때다.

> 우리는 믿음으로 의롭다 하심을 받았으므로, 우리 주 예수 그리스도로 말미암아 하나님과 더불어 평화를 누리고 있습니다. (로마서 5:1)

✚ 묵상 쓰기

그 헤아림으로

주님 앞에서
주님이 우리를 인정하지 않는다면
우리는 아무것도 아닙니다
주님을 믿는다고 하면서도
남을 비판하고, 위선과 속임수와 거짓으로
세상을 향해 손짓을 합니다
하나님의 은혜로
더러운 모든 것을 덮을 수 있으나
은혜를 잊는 순간,
구정물되어 솟구쳐 오릅니다
너희가 헤아리는 그 헤아림으로
헤아림을 받을 것이라는
말씀을 새기며
겸손으로 내려 앉습니다.

사람의 헤아림을 뛰어 넘는 하나님의 평화가 여러분의 마음과 생각을 그리스도 예수 안에서 지켜 줄 것입니다. (빌립보서 4:7)

✤ 묵상 쓰기

피 묻은 손

주님이 죽는 순간까지도
우리는 왜 주님이 죽어야 하는지 몰랐습니다
우리는 우리의 죄가 어떤 상태인지 몰랐습니다
죄로 인한 고통에 대해 몰랐습니다
고통이 오면 그저 주님만 원망했습니다
주님의 피 묻은 손을 보고서야
죄를 깨닫게 되었습니다
죄가 나를 다스릴 때
내 안에 주님의 생명은 사라지고
내 안에서 주님이 다스리면
내 안의 죄는 죽게 됩니다
피 묻은 손으로 만져 주시는
죄를 이기신 주님의 사랑
피 묻은 손으로
우리를 구원하신 주님의 은혜.

지금 우리가 그리스도의 피로 의롭게 되었으니 그리스도로 말미암아 하나님의 진노에서 구원을 얻으리라는 것은 더욱 확실합니다. (로마서 5:9)

♣ 묵상 쓰기

경고등

우리는 늘 경고등을 켜야 합니다
우리는 인간성이 좋다는 것에 만족하며 살지만
주님은 인간성에 관심이 없습니다
인간성으로 믿음은 자라지 않습니다
인간성으로 죄와 타협도 합니다
인간성으로 뭉쳐진
돈독한 우정은 우정이 아닙니다
우리는 주님의 보호를 받아야 합니다
우리의 죄성은 어디서 어떻게
터져 나올지 모릅니다
우리는 늘 철없는 어린아이와 같습니다
죄의 유혹에 따라 흔들립니다
우리 속에 주님의 사랑이 식지 않도록
세상 속에 있는 나에게 경고등을 켜야 합니다.

**주님의 교훈은 금보다, 순금보다 더 탐스럽고, 꿀보다, 송이꿀보다 더 탐스럽다.
그러므로 주님의 종이 그 교훈으로 경고를 받고, 그것을 지키면, 푸짐한 상을 받
을 것이다. (시편 19:11)**

✚ 묵상 쓰기

고난의 길

태어나자마자
터뜨리는 울음
고난의 길을 출발하는 신호인가
고난을 피하기 위한 몸부림
고난을 막아 달라는 간구
고난은 항상 존재하는것
고난을 모르면 감사도 모르고
고난을 버리면 믿음도 버리고
고난을 이기면 세상을 이기네
고난을 자연스럽게 받아들일 때
고난을 피할 수 있는 길을 알려 주시는
주님의 은혜를 알 수 있으리라.

억울하게 고난을 당하더라도 하나님을 생각하면서 괴로움을 참으면, 그것은 아름다운 일입니다. (베드로전서 2:19)

✣ 묵상 쓰기

우물

우리의 삶은 우물입니다

기도로 채워져 있을때는

풍성한 은혜를 퍼올릴 수 있습니다

말씀으로 채워져 있을때는

달콤한 꿀송이를 퍼올릴 수 있습니다

사랑으로 채워져 있다면

놀라운 기적을 퍼올릴 것입니다

물질만 채워져 있다면

의미없는 빈 두레박만 볼 것입니다

게으름이 채워져 있다면

갈라진 밑바닥만 볼 것입니다

의심으로 채워져 있다면

이끼로 덮힌 돌들만 볼 것입니다

지금 나의 우물은 무엇으로 채워져 있을까.

우리가 성령의 삶을 얻었으니, 우리는 성령이 인도해 주심을 따라 살아갑시다.
(갈라디아서 5:25)

✤ 묵상 쓰기

먹구름

전심으로 주님을 의지하지 못하면
마음에 먹구름이 씨를 뿌립니다
나를 내려놓지 못할 때
먹구름이 다가옵니다
명예, 재산, 욕심에 마음을 쏟으면
걱정과 상처로 뭉쳐진
먹구름에 휩싸이게 됩니다
내가 나를 보호하고 세우려고 하면
구원은 사라지고
먹구름의 죄에 빠지게 됩니다
오직 주님만 의지하며 나갈 때
먹구름은 사라지고
찬란한 구원의 빛이 온 몸을 감싸고 돕니다.

주님을 의지하는 사람은 시온 산과 같아서, 흔들리는 일이 없이 영원히 서 있다.
(시편 125:1)

✚ 묵상 쓰기

순종의 길

나는 선택할 권한이 없다
내가 나를 판단할 권한도 없다
내가 나를 선택해서
주님의 일을 하는 게 아니다
나의 능력이 안 되어서 못하는 것이 아니라
주님의 부르심이 없어서 못 하는 것이다
나는 은혜로 구원받은 죄인일 뿐
주님이 나를 부르셨을 때
모든 것 주님께 맡기고 순종하는 것이다
오직 부르심에 순종의 길을 따라 달려갈 뿐.

자기를 낮추시고, 죽기까지 순종하셨으니, 곧 십자가의 죽기까지 하셨습니다.
(빌립보서 2:8)

✤ 묵상 쓰기

새롭게 새롭게

주님과 같이 온전해 질 수 있을까
지금 나의 삶은 어떤가
겉보기에만 좋은 신앙은 아닌가
보이지 않는 곳에서의
잘못 사용하는 오른손
잘못 보는 오른눈
잘못 가고 있는 오른발
세상의 법에는 당연한 것이라도
하나님의 법에는 안되는 것들
겉은 멀쩡한데 속은 불구의 삶
만일 네 오른손이 잘못하거든
잘라버리라는 경고
거듭남이란 자르는 것
그래야 새롭게 새롭게
새로운 싹이 돋아나는 것.

아, 하나님, 내 속에 깨끗한 마음을 창조하여 주시고 내 속을 견고한 심령으로 새롭게 하여 주십시오. (시편 51:10)

✛ 묵상 쓰기

화목하라

주님,
너무도 억울합니다
어찌 그 사람이 그럴 수 있나요
그러나 주님의 관점은
내가 억울함을 당한 것보다
남을 억울하지 않게 하는 것
내 주장만 외치는 것은
불순종의 티끌이
내 마음에 남아있다는 것
지금 중요한 것은
원수와 빨리 화목하는 것.

사람의 행실이 주님을 기쁘시게 하면, 그의 원수라도 그와 화목하게 하여 주신다. (잠언 16:7)

✤ 묵상 쓰기

7월

나는 포도나무요 너희는 가지라
내 안에 있으면 많은 열매를 맺는다.

(요한복음 15:5)

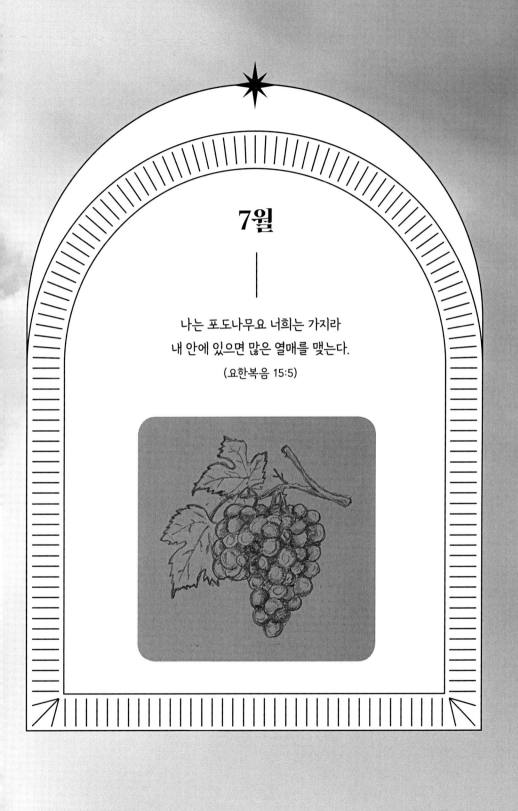

마음의 재창조

의견이 충돌할 때
자기 주장을 강하게 외칩니다
때론 분노합니다
나와 다름을 인정하기 싫어
틀렸다고 외칩니다
마음 한 구석에 있는 지옥이
점점 커지면 천국은 사라집니다
흔들리기 싫은 주장에는
죄의 끄나풀이 녹아 있습니다
우주를 우리에게 주신 주님께서
내 마음을 재창조 하십니다
틀린 게 아니라 다르다는 것을.

지혜에 네 귀를 기울이고, 명철에 네 마음을 두어라. (잠언 2:2)

✚ 묵상 쓰기

흔들림 없이

세상의 유혹에
흔들릴 때가 있습니다
주님께 순종해야 하는데
나의 유익이 앞서 나가며
조금씩 성령의 소멸을 느낍니다
일관되게 부어 주시는
성령의 은혜와 사랑이
흔들림을 깨우쳐 주십니다
주님이 늘 변함 없으셨던 것처럼
우리도 흔들림없이
순종의 길로 가야 합니다.

사람은 악행으로 터를 굳게 세울 수 없지만 의인의 뿌리는 흔들리지 않는다.
(잠언 12:3)

❖ 묵상 쓰기

죄성이 드러날 때

죄성에 물들어 가는
몸과 마음 때문에
성령이 무너져 갈 때
무릎과 입술에 불을 대고
온 몸으로 싸워야 한다
그저 그렇게 내가 죄인이니까 하면서
스스로 포기하면서
단순하게 넘어가려고 하면
주님의 음성을 들을 수 없다
죄가 드러날 때, 주님 앞에 무릎꿇고
새롭게 거듭나도록
몸부림을 쳐야 한다.

죄를 짓는 사람마다 불법을 행하는 사람입니다. 죄는 곧 불법입니다.
(요한1서 3:4)

✤ 묵상 쓰기

갈등

많은 일과 사람 속에서
갈등은 언제라도 일어날 수 있다
갈등으로 인한 죄의 찌꺼기들
신경질, 분노, 불평, 걱정, 짜증…
내 마음대로 안되기에
깊은 속에서부터
고개를 드는 부정적 잔흔들
주님께 맡기지 못하는 마음
어리석음을 접고
주님의 생명샘 아래서
깊고 깊은 큰 호흡으로
조용히 나를 돌아보며
새로운 생각으로 나아가야 한다.

구부러진 생각을 멀리하고, 악한 일에는 함께하지 않겠습니다. (시편 101:4)

✤ 묵상 쓰기

계획을 이끄실 때

우리가 계획을 세우더라도
발걸음을 인도하시는 분은
우리의 모든 것 되시는 주님
주님이 없는 인생 계획은 혼란의 길로 향한다
지금도 살아계셔서 역사하시는
주님의 계획에 가장 중요하기 때문이다
악한 것을 하려는 계획 속에는 주님의 말씀이 없다
사랑은 악한 것을 생각지 아니하며
악한 것을 버려야 한다
주님은 멀리하는 순간, 악의 그림자가 덮치게 된다
주님 없는 계획을 세우면
불행의 씨앗을 심는 것과 같다
"근심하지 말라"는 주님의 말씀
계획을 이끄실 때, 우리의 중심을 보시는 주님
우리의 목마름을 알고 계시는 주님
영혼의 갈증을 적셔 주시는 주님
주님을 바라보며
주님을 제일로 두는 삶을 삽니다.

주님의 선하신 영으로 나를 이끄셔서 평탄한 길로 나를 인도하여 주십시오.
(시편 143:9)

✤ 묵상 쓰기

주님의 비젼(VISION)

바라는 것들의 실상
보이지 않는 것들의 증거
어떤 일이 이루어지기 전에
반드시 VISION이 있다
그림처럼 보여지는 것
이루어진 것처럼 보여지는 것
역경의 골짜기를 지나야 얻을 수 있는 것
인내를 거듭해야 만날 수 있는 것
급하게 이루려면 멀리 가버리는 것
주님의 계획 속을 지나야 이루는 것
세상 가운데 어디서 무엇을 하든지
주님의 신뢰를 얻을 때
주님 주신 VISION을 이루리라.

주님을 신뢰하여 우상들과 거짓 신들을 섬기지 않는 사람은 복되어라.
(시편 40:4)

✤ 묵상 쓰기

삶의 위기

어려운 일을 겪게 하신 주님
감사를 드립니다
위기는 위험한 기회라고 하듯
위기가 임할 때, 주님의 은혜를 경험 합니다
위기 속에서 주님 주신 기회를 봅니다
영광의 삶을 살려면
위기의 삶을 이겨야 합니다
모든 일이 훈련되어야 이룰 수 있듯이
삶에도 많은 훈련이 기다리고 있습니다
구원을 주심은 최고의 선물이지만
구원의 삶을 이루려면
성령의 인도하심이 필요합니다
삶의 위기는
또 다른 은혜를 주시는 선물입니다.

내 생명은 언제나 위기에 처해 있습니다만, 내가 주님의 법을 잊지는 않습니다.
(시편 119:109)

✤ 묵상 쓰기

무엇을 할까요

주님이 나에게 무엇을 주실가를
기다리는 것이 아니라
내가 주님의 사명을 위해
무엇을 할 것인가를 생각하며 행동해야 한다
주님을 처음 만났을 때의 감동
구원받고 진리를 깨달았을 때의 감격
삶의 길로 인도하실 때의 사랑
내 십자가 지고 따르기를 원하시는 주님
주님만을 의지하며 따르기를 원하시는 주님
작은 자에게 베푸는 것을 원하시는 주님
오직 주님께만 고백하기를 원하시는 주님
순종을 선택하기를 원하시는 주님
주님을 섬기겠습니다.

섬기는 일은 여러 가지지만, 섬김을 받으시는 분은 같은 주님이십니다.
(고린도전서 12:5)

✙ 묵상 쓰기

나의 힘이 되시는 주님

죄!

주님을 믿지 않는 것

믿는다고 하여도

다른 것에 의지하려는 마음의 갈등

주님이 부어주신 은혜와 사랑을 알지만

주님을 따르기엔 너무 부족함을 느끼며

세상의 유혹에 주춤거린다

저는 자격이 없어요

저는 너무 무지(無知)해요

나의 약하고 부족함을 아시고

자꾸만 부르시는 주님

나의 힘이 되어 주시겠다는 주님의 부르심에

'내가 주를 섬기겠습니다'라는 고백과 함께

나의 힘이 되시는 주님을 향한

진실한 믿음으로 순종의 길을 갑니다.

나의 힘이신 주님, 내가 주님을 사랑합니다. (시편 18:1)

✤ 묵상 쓰기

깨어나라

편안함, 만족감, 행복감…
이런 감정에 안주하며
안정과 기쁨이 계속되기를 원한다
그러나 어느 순간,
안일함에 빠져 얻으려고만 하는
영적 게으름에 빠진다
주님을 따르려는 관심이 사라진다
주님은 복을 주시는 분이지만
복을 거두어 가시기도 하신다
늘 깨어 있지 않으면
영적 게으름에 죄를 물들어
나를 잠자게 한다
주님은 늘 말씀하신다
깨어나라.

내가 너희에게 하는 말은 모든 사람에게 하는 말이다. 깨어 있어라.
(마가복음 13:37)

✤ 묵상 쓰기

삶의 방향

나의 인생
나의 뜻을 세워
나의 열성으로만 이루어 가는 것은
성도의 삶이 아니다
어떤 순간에도 주님을 잊어서는 안 된다
성도는 우연을 믿어서는 안 된다
성도는 세상과 주님을 구분해서는 안 된다
삶의 영역에서 주님의 향기가 없으면
주님은 주님의 길로 이끄시기 위해
여러 가지 신호를 보내신다
내 생각과 주님의 길이 충돌할 때
'주님, 내 생각대로 도와주세요'라고
기도하는 것은 기도가 아니라
억지를 부리는 것이다
자녀가 떼를 쓰면 벌을 주듯
우리가 떼쓰면 주님은 침묵하신다
우리가 처한 모든 상황 속에서
우리는 주님의 뜻을 실현하는 것이
올바른 삶의 방향이다.

사람의 마음에 많은 계획이 있어도, 성취되는 것은 오직 주님의 뜻뿐이다.
(잠언 19:21)

✤ 묵상 쓰기

교회

그리스도를 믿는 사람들이
하나가 되어
같은 마음, 같은 뜻, 같은 행동을 통해
주님 나라를 실현하는 것이 교회다
그래서 주님은 이 땅에
성도를 보내신 것이다
우리가 영적으로 충만해졌다는 것은
그저 단순히 거룩함을
보여 주기 위한 것이 아니다
주님의 피와 살을 기념하고
주님의 몸을 이 땅에 세우는 것이다.

**나도 너에게 말한다. 너는 베드로다. 나는 이 반석 위에다가 내 교회를 세우겠
다. 죽음의 문들이 그것을 이기지 못할 것이다.** (마태복음 16:18)

✝ 묵상 쓰기

성품

육체가 자라가듯
내 마음도 자라나야 한다
마음에 풍성한 열매를 맺으려면
주님과 함께하는 마음이 되어야 한다
주님을 향한 나의 소망은
내 성품에 달려있다
주님과 같이 있어야 한다
주님의 말씀과 일치된 삶을 살아야 한다
언제나 변함없이
내 안에 주님의 말씀이 살아서
역동적으로 움직일 때
주님 나라를 볼 수 있다.

거기에서 당신들은 당신들의 하나님이신 주님을 찾을 것입니다.
당신들이 하나님을 찾되 마음과 성품을 다하여 하나님을 찾으면 만날 것입니다. (신명기 4:29)

✚ 묵상 쓰기

무너진 상식

내가 뺨을 맞고 가만히 있으면
세상은 나를 바보라 부른다
내가 욕을 먹고 분노하지 않으면
세상은 나를 겁쟁이라고 부른다
오른뺨을 리면 왼뺨을 대주는 것
오 리를 가자거든 십 리를 가주는 것
겉옷을 달라거든 속옷까지 주는 것
이 모든 것을 주님의 영광을 위해
주님이 가르쳐 주신 것
자신의 유익가 아니라
타인의 공의(公義)를 위한 일을 해야 한다
세상의 상식으로는 주님 영광을 볼 수 없다
무너진 세상 상식을 딛고
주님의 사랑의 싹이 돋는다.

여러분은 세상이나 세상에 있는 것들을 사랑하지 마십시오.
누가 세상을 사랑하면, 그 사람 속에는 하늘 아버지에 대한 사랑이 없습니다.
(요한1서 2:15)

✤ 묵상 쓰기

빚진 마음

주님을 향하는
나를 볼 때
나의 부족함이 넘칩니다
과연 내가 무엇을 제대로 할 수 있을까
내 삶의 가치가 있다면
주님의 구속 사랑이 넘친다는 것
나를 위한 기도는 멈추고
주님의 종이 되어
남을 위해 사는 삶이 될 때
주님을 향한 빚진 마음이
조금이나마 가벼워지리라.

서로 사랑하는 것 외에는, 아무에게도 빚을 지지 마십시오.
남을 사랑하는 사람은 율법을 다 이룬 것입니다. (로마서 13:8)

✤묵상 쓰기

어둠이 제거될 때

주님을 신뢰하는 마음이 있으면서도
때로는 걱정과 염려로
갈등의 골짜기에서 어쩔 줄 모른다
주님은 다 알고 계신다는 생각은 있지만
나는 어둠의 골짜기에서
깊은 탄식의 무덤을 쌓는다
주님을 잊고 사람을 찾아 다니며
해결을 하려고 하지만
고민은 더 높아가고 더 깊이 빠진다
모든 일에 주님의 뜻이 있기에
어떠한 상황 속에서도
주님을 향한 온전한 믿음을 가질 때
어둠이 제거되고 참된 안식을 얻으리라.

나는 빛으로 세상에 왔다. 그것은, 나를 믿는 사람은 아무도 어둠 속에 머무르지 않도록 하려는 것이다. (요한복음 12:46)

✤ 묵상 쓰기

드러냄

복음은
주님을 드러내는 것
나를 드러 내려고 외치는 것은
불순종의 극치를 보여주는 것
자신의 멋, 언변, 기술, 자랑, 우아함을
드러내는 것은 그저 놀이일 뿐
주님을 외면하는 몸짓이다
주님을 드러내고 한다면
철저히 낮아지는 것
낮은 자세로 순종의 길을 걸을 때
창조적 구속의 능력이 빛나리라.

하나님, 하늘 높이 높임을 받으시고, 주님의 영광을 온 땅 위에 떨치십시오.
(시편 57:5)

✤ 묵상 쓰기

주님께 나아감

우주 속에 아주 작은 지구
지구에 있는 수십 억의 영혼들
각자의 생각대로 믿는 종교들
주님은 종교를 원치 않으신다
진정 그리스도를 알고자 한다면
종교에서 벗어나 생명을 알아야 한다
나의 주인은 오직 주님 한 분
주님 한 분이시기에
그 말씀에 불순종하는 것은
구속의 사랑에서 이탈되어
살아있는 내가 내 이름을
스스로 사망확인서에 쓰는 것과 같다
육체의 자랑은 아무 것도 아니다
영혼의 아름다움을 위해
빛 가운데로 나가야 한다
주님은 우리의 모든 것 되시기에.

우리는 그리스도를 믿음으로써, 그분 안에서 확신을 가지고, 담대하게 하나님께 나아갑니다. (에베소서 3:12)

✠ 묵상 쓰기

완벽한 자유

모든 것을 스스로 하기를 원하시는 주님
그 어느 것도 강요하지 않으시는 주님
그래서 끝까지 기다리시는 주님
주님은 주인이시지만
우리 죄를 위해 죽음까지도 감당하셨네
저 구렁텅이에 빠진 불순종들
빠져 나오지 못하는 나는 누구인가
주님은 십자가에서 우리를 위해 죽기까지
우리에게 완벽한 자유를 주셨건만
우리는 그 완벽한 자유를 왜 자꾸 버리는지
완벽한 순종만이
완벽한 자유를 누릴 수 있건만.

주님의 영(靈)이십니다. 주님의 영이 계신 곳에는 자유가 있습니다.
(고린도후서 3:17)

✤ 묵상 쓰기

영적으로 걷기

감정과 이성으로
주님을 향해 걸을 때
피곤만이 쌓입니다
내 생각으로만 가득찬 걸음에는
무거운 어둠이 깔립니다
하나님의 인도를 받으려면
영적으로 충만한 걸음이 되야 합니다
주님을 모시고 당당하게
걸어가겠다는 결단이 필요합니다
위기의 순간일수록 더욱
영적 충만한 길로 가야합니다
그 길에는 피곤치 않고
날개 피며 하늘로 올라갈 것입니다.

> 하나님은 우리에게 자기 영을 나누어 주셨습니다. 이것으로 우리가 하나님 안
> 에 있고, 또 하나님이 우리 안에 계시다는 것을 우리는 압니다. (요한1서 4:13)

✤ 묵상 쓰기

천국의 문

나는 아무 것도 할 수 없습니다
나는 아무 것도 가진 게 없습니다
주님 안에서 거듭나므로
낮아질 수밖에 없습니다
주님만이 나의 유일한 구주이십니다
주님이 쓰시기 전까지 나는
아무런 가치가 없습니다
나의 영적 빈곤의 깨달음이 올 때
주님을 향한 갈급함이 있습니다
천국의 문은 풍요가 아닌
가난한 마음임을 깨닫습니다
이런 가난함을 깨닫는 데 오랜 시간이 걸립니다
천국 문에 섰을 때 주님하시는 말씀
"네가 복이 있도다."

나의 반석이시요 구원자이신 주님, 내 입의 말과 내 마음의 생각이 언제나 주님의 마음에 들기를 바랍니다. (시편 19:14)

✤ 묵상 쓰기

나를 드립니다

하나님께 나를 드릴 때
나의 십자가를 지고 따라야 한다
세상의 모든 것 다 버리고
기꺼이 육신의 혈육도 버리고
나의 유익함은 구하지 않고
죽음이 기다리는 그 곳 일지라도
주님과 하나 되는
거룩의 시간들을 같이하기 위해서
단호한 결심을 통해
세상의 모든 것이 다 비워진
나를 드립니다.

주님은 나의 하나님이시니, 내가 주님께 감사를 드립니다.
내 하나님, 내가 주님을 높이 기리겠습니다. (시편 118:28)

✤ 묵상 쓰기

영혼의 내면

나의 삶이 주님을 통해 드러날 때
주님의 완전함이
나의 썩은 육체를 새롭게 하십니다
내 안에 계신 주님은
언제나 거룩하십니다
주님의 사랑, 믿음, 소망, 순결, 경건, 인내 등
모든 품성들이
나의 영혼의 내면에서 뜨거워질 때
영혼을 통해 드러나는
거룩이 온몸 전체를 덮습니다
주님의 모든 완전하심이
내게 주어졌습니다
영혼의 내면에 거룩함이 충만합니다.

주님은 사람의 영혼을 환히 비추시고, 사람의 마음속 깊은 곳까지 살펴보신다.
(잠언 20:27)

✤ 묵상 쓰기

근원을 바꾸시는 주님

세상의 법으로 순결할 수 없다
세상의 윤리로 나를 바꿀 수 없다
세상의 그 어떤 것으로도
하나님의 영원한 빛 앞에 설 수 없고
하나님의 말씀을 능가할 수 없다
겉으로 드러난 모든 것은
잠깐 보이는 것일뿐
아무것도 아니다
하나님의 사람이 되기 위해서는
나의 모든 근원이
주님 안에서 새롭게 창출되어야 한다.

그 무엇보다도 너는 네 마음을 지켜라. 그 마음이 바로 생명의 근원이기 때문
이다. (잠언 4:23)

✤ 묵상 쓰기

성령 폭발

세상의 가르침으로는 주님을 볼 수 없습니다
주님의 가르침으로만 주님을 볼 수 있습니다
주님의 말씀을 따르려면
세상의 것을 버려야 하는데
우리는 세상의 편리함에 젖어
성령이 불편함으로 느끼며
갈등의 골짜기를 헤멥니다
주님 주시는 교훈에 걸맞은 마음으로
변화되고 하나씩 이루어질 때
성령의 씨앗이 자라납니다
주님의 말씀과 내가 하나 될 때
성령의 엄청난 폭발이
나를 새롭게 합니다.

여러분이 육신을 따라 살면, 죽을 것입니다.
그러나 여러분이 성령으로 몸의 행실을 죽이면, 살 것입니다. (로마서 8:13)

✤ 묵상 쓰기

무지(無知)

내 안에 자리잡고 있는
악의 씨앗이 자라고 있는데도
나는 모릅니다
아니 어쩌면
모른 척하고 있는지도 모릅니다
내가 좋아하고 편안한 것으로
주님 말씀을 선택하려고 합니다
세상의 지식을 알려고 발버둥치지만
주님의 말씀에 대해선 게으릅니다
무지한 인생인데 순결한 척합니다
주님 앞에 다 벗겨져 서게 될 때
어떤 진단결과가 나올까
영적 무지는 사망입니다.

몸의 훈련은 약간의 유익이 있으나, 경건의 훈련은 모든 면에 유익이니, 이 세상과 장차 올 세상의 생명을 약속해 줍니다. (디모데전서 4:8)

✢ 묵상 쓰기

말씀에 의지하여

주님 말씀을 듣고
이리 저리 생각하고 판단하면서
나의 생각대로, 내가 느끼는대로
나의 길을 가려고 합니다
육체의 성장과 성숙에는 관심을 가지며
부단히 노력하면서
영적인 성장과 성숙에는
불순종의 지름길로 달려 갑니다
단 한 순간도 주님을 놓쳐서는 안 되고
주님을 속일 수도 없는데
우리는 말씀을 듣고
자꾸 어둠 속으로 가려고 합니다
위선의 길은 어둠 속에서 손짓하는데
말씀에 의지하여야
빛 가운데로 나아갈 수 있습니다.

모든 것은 하나님의 말씀과 기도로 거룩해집니다. (디모데전서 4:5)

✚ 묵상 쓰기

꿈과 목표

사람은 꿈과 목표가 있다
나를 위한 꿈과 목표가 있다
크게 성공하고자 꿈과 목표를 세운다
하나님이 나의 꿈과 목표를 이루어
주실 것이라고 믿는다
나의 성공이 나를 향하신
하나님의 목적이라고 생각하는 순간
나의 꿈과 목표는 신기루일 뿐이다
주님은 우리 삶의 과정을 보신다
주님이 원하시는
꿈과 목표를 갖고 행할 때
주님과 함께 꿈과 목표를 이룰 수 있다.

내가 살아있는 동안 주님 보시는 앞에서 살렵니다. (시편 116:9)

✙ 묵상 쓰기

앎 그리고 봄

모든 것은 하나님으로 부터
시작되어 하나님으로 마칩니다
삶은 하나님을 알아가는 것으로
시작되어 하나님을 봄으로 마칩니다
우주 삼라만상을 봄으로
선포되는 말씀을 앎으로
하나님을 알게 됩니다
삶을 통해 일어나는 수많은 상황 속에서
하나님을 알고자 애쓸 때
진정 하나님을 알 수 있습니다
하나님을 알고 있는 것과
볼 수 있는 것이 하나가 될 때
나와 함께하심을 알게 되고
분명 보게 될 것입니다.

내가 앉아 있거나 서 있거나 주님께서는 다 아십니다. 멀리서도 내 생각을 다 알고 계십니다. (시편 139:2)

✚ 묵상 쓰기

신뢰

주님을 신뢰할 때
세상의 헛된 것들을 알 수 있다
내가 나만을 신뢰하거나
나의 신뢰가 사람들에만 있다면
실망과 절망이 그림자되어
어느 순간 감쌀 것이다
주님은 누구도 의심하지 않으셨고
누구도 원망하지 않으셨고
누구도 탓하지 않으시고
오직 하나님 아버지만 신뢰하시므로
세상을 구원하시는
최고의 사랑을 보여 주셨다
주님을 신뢰할 때
세상의 참된 진리를 알 수 있다.

자기의 생각만을 신뢰하는 사람은 미련한 사람이지만 지혜롭게 사는 사람은 구원을 받는다. (잠언 28:26)

✛ 묵상 쓰기

셀 수 없을 때

내 생각이 너무도 앞으로 달려가
주님의 말씀을 잊고서
충동적으로 일어나는
삶의 어지러움이
주님이 주신 것같아
불평불만으로 가득 찰 때
무질서의 잔재들이
도처에서 아우성이다
바른 자리로 돌아 오기를 바라는
주님의 사랑의 표현은
셀 수 없는 다양한 방법으로
우리를 보시며 부르신다
셀 수 있는 세상의 것에 대해
욕심을 품지 말고
셀 수 없는 하늘의 것에 대해
소망을 가져라.

오직 주님을 소망으로 삼는 사람은 새 힘을 얻으리니, 독수리가 날개를 치며
솟아오르듯 올라갈 것이요, 뛰어도 지치지 않으며, 걸어도 피곤하지 않을 것이
다. (이사야서 40:31)

✤ 묵상 쓰기

8월

—

사슴이 시냇물을 찾기에 갈급함 같이
내 영혼이 주를 찾기에 갈급하나이다.

(시편 42:1)

기다림

주님은 오늘도 기다리고 계십니다
기다리라고 하신 그곳에서
사명을 감당하시려고 기다리십니다
고향 땅 친척 형제 자매를 떠나
주님이 말씀하시는 곳에서
기다리기를 원하십니다
기다리는 곳에서 놀라운 변화가 시작됩니다
기다림을 알기 위해서는
순종이 먼저 앞서야 하며
순종을 알기 위해서는
주님을 음성을 들어야 합니다
기다림은 들음입니다
기다림은 순종입니다
듣고 순종하며 나아갈 때
주님은 기다리라고 하신 그곳에서
역사를 일으키십니다.

**내 영혼이 주님을 기다림이 파수꾼이 아침을 기다림보다 더 간절하다.
진실로 파수꾼이 아침을 기다림보다 더 간절하다.** (시편 130:6)

✤ 묵상 쓰기

어려움이 이길 때

어려움이 오면 크게 힘을 내리라
어려움을 극복하기 원하시는 주님이
새로운 생명을 더하시기 때문이다
세상을 이기신 주님께서
우리가 안고 있는
걱정과 근심과 두려움 대신
생명과 자유와 기쁨을 주셨기 때문이다
두려움 마음을 물리치고
조금씩 조금씩 주님께 다가서면
생명수 강가에서 주시는
놀라운 힘을 얻게 될 것이다
몸은 힘들어도 영혼의 힘이 넘치기에
어려움이 오면, 긴장(緊張)을 즐기며
주님과 함께 크게 기뻐하리라.

내가 비록 죽음의 그늘 골짜기로 다닐지라도, 주님께서 나와 함께 계시고,
주님의 막대기와 지팡이로 나를 보살펴 주시니, 내게는 두려움이 없습니다.
(시편 23:4)

❖ 묵상 쓰기

야망(野望)

주님이 제자를 택하여 세울 때
제자들은 무조건 따랐습니다
오직 주님이 주신 사명만이 있을 뿐
자신들의 야망은 없었습니다
내가 세운 야망은 내 것입니다
내 생각으로 가득 찬 야망에는
주님이 들어오실 자리가 없습니다
그러므로 야망에 찬 일은 그리 중요하지 않습니다
나의 야망보다
주님의 목적에 하나 되는 것이 중요합니다
나의 야망 내려놓고
주님이 제자들과 함께 다녔듯이
나를 이끌고 다닐 수 있도록
오직 주님과 하나 되는 삶을 살겠습니다.

그리스도 예수께 속한 사람은 정욕과 욕망과 함께 자기의 육체를 십자가에 못 박았습니다. (갈라디아서 5:24)

✚ 묵상 쓰기

하나님과 관계

하나님이 원하시는 것은
우리의 재능이 아닙니다
하나님은 우리가 하나님의 진정한
친구가 되기를 원하십니다
우리의 성품과 지식과 능력과 경험으로
하나님의 일을 많이 한다고 자부심을 갖고
열심히 봉사한다 할지라도
나의 심령이 가난하지 못하여
하나님이 내 안에 들어오시지 못하고
일을 할 수 없으시다면
아무런 의미가 없습니다
하나님과 나의 관계는 어떤 상황속에서도
올바른 인격적 관계를
변함없이 이어가야 합니다.

내 살을 먹고, 내 피를 마시는 사람은 내 안에 있고, 나도 그 사람 안에 있다.
(요한복음 6:56)

✤ 묵상 쓰기

하나님께 묻고

십자가 사랑은 세상의 눈으로 보면
완벽한 실패입니다
그러나 하나님의 눈으로 보면
가장 놀라운 승리입니다
우리가 세상 속에서
그리스도인으로 살고자 한다면
수시로 닥쳐오는 세상의 유혹에
당황하며 깊고 깊은 갈등에 쌓입니다
하나님께 묻지않고 나아가다
쓰러지면서 하나님을 원망합니다
하나님과의 갈등을 없애는 것은
먼저 하나님께 묻는 것입니다.

**내가 고난을 받을 때에 주님께 부르짖었더니, 주님께서 나에게 응답하여 주셨
다.** (시편 120:1)

✤ 묵상 쓰기

구함과 기도

구하기 전에 모든 걸 다 아시는 주님

나의 명예. 욕심, 권력을 얻기 위한

기도는 기도가 아닙니다

단순한 욕심일 뿐

기도는 하나님께로부터

응답을 받기 위한 것이 아니라

하나님과 완전하게 하나 되는 것입니다

우리의 모든 기도에 응답은 언제나 옵니다

우리가 원하는 대로 응답되는 것이 아니라

하나님의 뜻 가운데 이루어 집니다

하나님의 뜻에 맞으면 "즉시"

내 요구가 하나님의 뜻에 맞을 때까지 "기다리심"

다른 것으로 "바꿔서"

기도없는 구함은 "침묵으로"

말도 안 되는 요구에는 "거부하심으로".

기도에 힘을 쓰십시오. 감사하는 마음으로 기도하면서, 깨어 있으십시오.
(골로새서 4:2)

♣ 묵상 쓰기

진정 내 마음은

어떤 상황 속에서도
주님과 말씀을 나누며
모든 것의 시작이 주님임을 고백합니다
아직도 주님의 명령에
머뭇거리는 몸과 마음을 느낄 때마다
두 손모아 십자가의 사랑을 되새깁니다
내 안에 살아 계시고 영원하신
주님의 섭리에 무릎을 꿇습니다
살아 계셔서 역사하시는 말씀이
빛으로 심장에 들어와
모세혈관 끝까지 흐르도록 기도합니다
모든 일은 주님께 의탁하고
주님과 온전히 따르고자 합니다
지금도 내 마음은.

마음이 깨끗한 사람은 복이 있다. 그들이 하나님을 볼 것이다. (마태복음 5:8)

✚ 묵상 쓰기

내 안에 계신 주님

과연 내 안에 주님이 계시는 걸까
잠시 계시다가 어느 순간 사라지시는 걸까
기쁨과 평강이 있을 때는 내 안에 계시다가
갈등과 어려움이 있을 때 어디에 계시는 걸까
나는 이런 생각이 반복되는 걸까
주님과 하나 되는 단순함이 필요한데
내 생각으로만 꽉 차 있는 현실 속에서
주님이 들어올 자리를 비우지 못하고
주님을 밀쳐내는 나의 어리석음
그래도 내 안에서 기다리고 계신 주님
마리아의 몸속에서 역사하신 것처럼
내 몸속에서도 능히 역사하시는 주님께
내 안에 순종의 빈 의자를 내어 드린다.

너희가 내 안에 머물러 있고, 내 말이 너희 안에 머물러 있으면, 너희가 무엇을 구하든지 다 그대로 이루어질 것이다. (요한복음 15:7)

✛묵상 쓰기

초자연적 신앙

순간순간, 주님의 모든 것이
드러날 수 있도록 주님께 전적으로 의존한다
우리의 얄팍한 상식으로
주님을 다 알았다고 하는 교만이 있어선 안 된다
주님을 안다는 것
주님을 알아가는 것
주님과 하나 되는 것
상식을 초월하는 초자연적 신앙이
우리의 모든 것을 덮어야 한다
우리 몸이 성령의 집이라고 선포하신
주님의 말씀에 순종하여
성령의 뜨거움이 차고 넘치도록
주님과 동행하는 삶이 살리라.

**너희는 주님이 하나님이심을 알아라. 그가 우리를 지으셨으니, 우리는 그의 것
이요, 그의 백성이요, 그가 기르시는 양이다.** (시편 100:3)

✤묵상 쓰기

고난을 선택하며

열두 제자는 평안을 버리고
고난을 선택하였다
매일 반복되는 일상속에서는
새로운 것을 발견할 수 없다
변화되기를 바란다면, 고난의 길을 걸으라
선택되어진 고난에는
사명이라 불리는 뜻 깊은 훈련장이 있다
광야에서
다른 나라에서
사막에서
풀무불에서
벌판에서
감옥에서
가장 쓸모없는 장소에서
가장 쓸모 있게 쓰시기 위해
주께서 나를 여기 두셨네.

현재 우리가 겪는 고난은 장차 우리에게 나타날 영광에 견주면, 아무것도 아니라고 나는 생각합니다. (로마서 8:18)

❖ 묵상 쓰기

시험을 이기며

군건한 믿음의 반석 위에 있으려면
수많은 시험을 통과해야 합니다
주님 홀로 광야에서 시험받을 때
오직 말씀에 의지하여 시험을 이기셨습니다
홀로 홍해를 건너야 할 때
건널 수 없다는 시험의 장애물에
마음이 흔들려도 건너야만 합니다
홀로 광야를 통과해야 할 때
수많은 시험이 가로 막지만
주님을 신뢰하며 결단하고 통과해야 합니다
시험은 어디나 있기에
시험을 이기는 훈련이 되지 않으면
믿음의 분량을 채울 수 없고
결코 반석 위에 설 수 없습니다.

사람이 시험을 당하는 것은 각각 자기의 욕심에 이끌려서 꾐에 빠지기 때문입니다. (야고보서 1:14)

✢ 묵상 쓰기

믿음이 적은 자들아

평안하고 행복하고 자유로울 때
나의 나된 것이
내가 최선을 다했기에 된 것으로
착각하고 으쓱대며 힘차게 어깨를 편다
그러나 위기가 오고
갈등과 번민과 난관에 부딪칠 때
누구를 원망하고 있는지 돌아봐야 한다
주님을 향한 신뢰가 조금도 없다가
주님을 원망하는 불신의 늪에서 허우적 거린다
믿음이 적은 자들아
이 말씀을 듣고 깨달음이 솟구친다
아, 나는 신뢰를 잃었구나
믿음이 적은 자들아.

주님을 경외하면 강한 믿음이 생기고, 그 자식들에게도 피난처가 생긴다.
(잠언 14:26)

✚ 묵상 쓰기

빛에서 벗어나면

어둠을 삼키는 것은 오직 빛이다
빛을 잃으면 다시 어둠이 온다
성령의 음성을 삼키는 것은 불순종의 어둠이다
성령이 소멸되지 않도록
영혼의 빛을 되살려야 한다
빛에서 멀어질수록
주님과의 추억도 멀어지게 된다
주님의 마음을 아프게 하는 것들에 대해
어떤 연민의 정(情)도 갖지 않아야 한다
빛에서 벗어나면 우리의 마음과 입에서
주님을 향한 찬양도 그친 것이다
빛 가운데로 가자.

> 주님은 나의 빛, 나의 구원이신데, 내가 누구를 두려워하랴?
> 주님이 내 생명의 피난처이신데, 내가 누구를 무서워하랴? (시편 27:1)

✚ 묵상 쓰기

핑계의 자리에서

주님,
마귀의 장난에 어쩔 수 없었어요
저 열심히 기도했거든요
내 나름대로 최선을 다하느라
잠도 못자고 힘도 많이 들었어요
왜 나를 도와주는 사람이 없나요
나는 정말 모든 게 안 되나 봐요
이제 난 어떡해요
아들아,
얕은 물에서 허우적대지 말라
너의 방법은 늘 욕심의 한계에서 머물 뿐이다
내가 너를 위해 무엇을 할까 생각해보라
너의 영혼과 마음이 바로 설 때
너를 이끌어 반석 위에 세우리라
모두 핑계를 버리고 나와 하나 되자.

게으른 사람은 핑계 대기를 "길에 사자가 있다, 거리에 사자가 있다" 한다.
(잠언 26:13)

✚ 묵상 쓰기

죄가 멈추는 곳

늘 따라 다니는 죄
그림자 되어 나타나는 죄
마음 한구석에서 웅크리고 있는 죄
갈등을 일으키려고 하는 죄
죄를 지어서는 안 된다고 하면서도
죄의 뿌리에 걸려 넘어지며 후회한다
죄의 근본을 없애는 곳은
주님이 주신 새 생명을 얻는 곳
죄는 주님의 새 생명 앞에서 멈춘다
주님의 생명의 길을 따라 순종하면
죄는 사라지고 거듭남의 기쁨이 열리리라.

욕심이 잉태하면 죄를 낳고, 죄가 자라면 죽음을 낳습니다. (야고보서 1:15)

✤ 묵상 쓰기

사랑의 고백

내가 주님을 사랑하는 줄 주님은 아십니다
베드로 고백은 많은 연단을 이기고
사랑의 꽃을 피웁니다

주님을 만져야 믿겠어요
도마의 고백은 인격적인 만짐을 통해
사랑의 힘을 나타냅니다

나는 주님의 신발 끈 푸는 것조차
할 수 없는 낮은 자입니다
세례 요한의 고백을 겸손을 통한 길을 열었습니다

주님 고백합니다
그 어느 것이 흔들어도
주님과 하나 되어 주님만 따르겠습니다
주님 사랑합니다.

사람은 마음으로 믿어서 의에 이르고, 입으로 고백해서 구원에 이르게 됩니다.
(로마서 10:10)

✤ 묵상 쓰기

영혼의 부유함

"네가 가진 것 모두 팔아 가난한 자들에게 나눠주고
그리고 와서 나를 따르라"
"네, 주님 그렇게 하겠습니다."
세상이 주는 물질의 풍요함을 버리고
주님만 따르겠습니다
부자 청년의 이런 고백이 있었다면
주님의 뜨거운 역사를 품었을 것이다

"세상의 물질로 가득한 예배당을 모두 팔아
가난한 자들에게 나눠주고, 그리고 와서 나를 따르라"
주님은 외형 큰 예배당, 허울좋은 직책,
쌓아둔 물질, 형식적 예배를 원하시는게 아니라
영혼의 아름다운을 나눠 주는
심령이 가난한 자를 찾으신다.

내 영혼아, 잠잠히 하나님만 기다려라. 내 희망은 오직 하나님에게만 있다.
(시편 62:5)

✦ 묵상 쓰기

궁핍함으로

많이 갖고 있는 것으로
주님과 멀어진다면
차라리 궁핍함이 복이 되겠지요
그런데 궁핍함 속에서도 교만이 찾아와
자신까지도 포기하고
주님의 부르심마저도 포기한다면
궁핍함 속에 죄악이 더 깊어지겠지요
아무것도 없이 시작된 우리이기에
아무것도 없는 가운데 주님 앞에 서야겠지요
궁핍하다는 그 의식마저도 내려 놓을때
주님과의 새로운 관계가 시작되겠지요.

한 손을 펴서 가난한 사람을 돕고, 다른 손을 펴서 궁핍한 사람을 돕는다.
(잠언 31:20)

✤ 묵상 쓰기

내 생각의 우물

내 생각으로 가득 찬 우물은
찌꺼기만 떠오릅니다
찌꺼기는 갈등과 부딪치며
더러운 이끼들이 켜켜이 쌓입니다
온전한 우물로 가려면
내 생각을 내려 놓아야 하는데
이끼 위에 덮혀진 생각의 무게가
우물을 누르고 있습니다
우물을 모두 퍼내고 주님의 생명수로
내 생각의 우물을 채웁니다
시원하게 솟구치는 성령의 우물
나도 절로 시원하게 찬양하며
은혜와 사랑이 넘칩니다.

너희가 구원의 우물에서 기쁨으로 물을 길을 것이다. (이사야서 12:3)

✤ 묵상 쓰기

평안을 네게 주노니

주님은 늘 부르십니다
주님의 만드신 쉼터로 들어오라고.
우리는 우리가 만든
우리의 길로 가려고 애를 쓰다가
실망의 함정에 빠져 허우적 거립니다
그리고 주님을 향해
어느 길이 주님의 길이며,
피곤치 않는 길이냐고 묻습니다
주님은 부르십니다
성령이 주는 평안의 지름길로 달려와
주님이 만드신 쉼터에서 쉬라고 하십니다
"내가 너희를 쉬게 하리라."

> 오히려, 내 마음은 고요하고 평온합니다. 젖뗀 아이가 어머니 품에 안겨 있듯이, 내 영혼도 젖뗀 아이와 같습니다. (시편 131:2)

✚ 묵상 쓰기

보이지 않는 섬김

보이는 것으로는
그저 보이는 것만 알 뿐
주님의 모든 것은 알 수 없습니다
아름다움은 그저 아름답게 보일 뿐
보이지 않는 순수함은 찾을 수 없습니다
물질의 풍요로움은 볼 수 있으나
성령의 가난함은 볼 수 없습니다
주님께 항복하는 두 손은 볼 수 있으나
순종하는 마음은 볼 수 없습니다
의식적으로 보여지는 봉사 속에는
교만의 싹이 뿌리를 내립니다
영혼의 아름다움을 갖는
보이지 않는 성령이 충만할 때
생수의 강이 넘칠 것입니다.

주님의 교훈을 따르는 이 기쁨은, 큰 재산을 가지는 것보다 더 큽니다.
(시편 119:14)

✤ 묵상 쓰기

주님이 시작하실 때

내가 세운 목표를 이루려고
발버둥을 칩니다
육신을 일으켜 새벽길을 내달립니다
세파와 부딪히며 악물고 외칩니다
장애물을 넘나들며 미친듯 뜁니다
죄에 대한 감각마저 상실한 채
회개의 기회를 지나쳐 버립니다
모든 게 무너집니다
내가 더 이상 아무것도 할 수 없을 때
그때 주님이 시작하십니다.

주님께서 일을 시작하시던 그 태초에, 주님께서 모든 것을 지으시기 전에,
이미 주님께서는 나를 데리고 계셨다. (잠언 8:22)

✤ 묵상 쓰기

은밀한 골방

잠을 깨는 첫 시간, 무릎 꿇은 그 곳이
은밀한 골방입니다.
하루를 시작하고 마치는 감사의 시간
두 손 모은 그 곳이
은밀한 골방입니다.
만나는 모든 사람들을 향한 중보의 시간
두 눈 감은 그 곳이
은밀한 골방입니다.
피로를 밤으로 쉬게하는 거룩한 은총의 시간
온몸을 주님께 드린 그 곳이
은밀한 골방입니다.
내 마음을 주님께 드릴 때
그 어느 곳에 있든지
그곳은 은밀한 골방입니다.

너는 기도할 때에, 골방에 들어가 문을 닫고서, 숨어서 계시는 네 아버지께 기도하여라. 그리하면 숨어서 보시는 너의 아버지께서 너에게 갚아 주실 것이다.
(마태복음 6:6)

✤ 묵상 쓰기

떡과 돌 사이에서

내 마음에 맞는 떡만 달라고
기도하다가 응답이 없다면
실망하여 기도의 끈을 놓아 버립니다
내 마음대로 행하는 것이
옳은 헌신인 것처럼 의기양양 합니다
남보다 더 얻는 것이 복받은 것처럼 당당합니다
세상을 더 의지하면서
주님께 속한 것처럼 보여주는
자기 의식적 신앙으로 우뚝 섭니다
오늘도 말씀을 자기 생각으로만
돌처럼 굳어 있는건 아닌지
떡과 돌 사이에서.

교만한 사람에게는 수치가 따르지만, 겸손한 사람에게는 지혜가 따른다.
(잠언 11:2)

✤ 묵상 쓰기

친구

진정한 좋은 친구를 얻으려면
먼저 내가 좋은 친구가 되어야 한다
주님과 친구가 되려면
우리 안에 창조된 영혼 가운데
주님을 모셔야 한다
내가 원하는 모든 것 다 갖고서는
주님을 친구로 모실 수 없다
나의 생명을 내려 놓아야
주님과 친구가 된다
희생과 사랑의 본을 부여주신 주님께서
우리를 친구라 하셨으니
우리는 흠 없이 맑고 완전하신 주님께
순종할 때 친구가 될 수 있다.

주님을 경외하는 사람이면 누구에게나, 나는 친구가 됩니다. 주님의 법도를 지키는 사람이면 누구에게나, 나는 친구가 됩니다. (잠언 119:63)

✤ 묵상 쓰기

평안하라

주님 없이

주님 앞에 설 수 없습니다

염려에만 잠겨 있다면

주님은 내 안에 없습니다

오직 나만을 생각한다면

주님과 바른 관계가 될 수 없습니다

주님을 향한 마음이 없다면

모든 문제는 문제로만 남게 됩니다

염려함으로 문제를 해결하려고 한다면

주님을 밀어내는 것입니다

주님을 바라볼 때

너희에게 주노라 하신

평안을 얻을 수 있습니다.

> 주님의 법을 사랑하는 사람에게는 언제나 평안이 깃들고, 그들에게는 아무런 장애물이 없습니다. (시편 119:165)

✤ 묵상 쓰기

진리의 빛

말씀으로 시작된
하나님의 사랑은 진리의 빛이 되어
온누리를 비추고 있습니다
빛에 순종하지 않으면
어느 순간, 빛은 어둠 속으로 사라집니다
어둠 속에서 영적인 생명은 말라가고
저주의 싹이 고개를 들며 멸망의 열매가 달립니다
자꾸 과거의 골짜기로 돌아가
세상의 욕망에 젖어 든다면
그곳이 아무리 아름다워도 그 속은 지옥입니다
빛을 향해 달려야 합니다
진리의 진가를 발휘하며
증거의 삶을 살아야 합니다
진리의 빛은 영원하기 때문입니다.

주님의 빛과 주님의 진리를 나에게 보내 주시어, 나의 길잡이가 되게 하시고,
주님의 거룩한 산, 주님이 계시는 그 장막으로 나를 데려가게 해주십시오.
(시편 43:3)

✤ 묵상 쓰기

나를 바꾸는 기도

기도는 나를 바꿉니다
나는 나의 상황을 바꿉니다
나의 환경을 바꿉니다
내가 움직여야 합니다
내가 거듭나지 않으면 내 안에 계신
주님의 생명은 움직이지 않습니다
무엇을 얻기 위한 기도는 기도가 아닙니다
나는 아무것도 하지않고
기도로 모든 것을 얻으려는 것은
어린아이가 떼쓰는 것과 같습니다
사업 잘되게 해달라고, 좋은 대학 가게 해달라고
좋은 집 사게 해달라고, 좋은 차 사게 해달라고
부자 되게 해달라고, 건강하게 해 달라는 기도는
기도가 아닙니다
기도는 먼저 주님과 하나 되는 것입니다
기도로 내가 변화되어, 주님의 뜻 안에서
주님의 사명을 이루는 것입니다.

또 너희가 기도할 때에, 이루어질 것을 믿으면서 구하는 것은, 무엇이든지 다 받을 것이다. (마태복음 21:22)

✤ 묵상 쓰기

믿음의 시련

믿음의 삶엔 시험이 있습니다
시험을 거친 믿음일 때
인격적 소유를 갖출 수 있습니다
하나님을 신뢰하는 것이 믿음이며
그러한 믿음이 모든 역경을 이깁니다
믿음은 초자연적이기 때문입니다
믿음이 상식수준에 머물 때 갈등이 생깁니다
입으로 외친 믿음은 공허합니다
믿음은 반드시 변화를 동반합니다
변화되기 위해서는 도전을 해야 합니다
도전을 이기지 못하면 믿음은 장식물에 불과 합니다
믿음의 마지막 결실은 주님에 대한 확신이며
죽음도 감당할 수 있습니다.

여러분은 믿음의 시련이 인내를 낳는다는 것을 알고 있습니다. (야고보서 1:3)

✤ 묵상 쓰기

진정한 기쁨

항상 기뻐하라는 주님의 말씀
일상적인 성공의 기쁨, 봉사를 통한 기쁨
교회 일을 통한 기쁨
이런 기쁨은 말초적인 가벼운 즐거움일 뿐
진정한 기쁨은 아니다
진정한 기쁨은 주님과 바른 관계를 갖는 것이다
그러면 주님은 우리를 통해
성숙된 기쁨의 강을 흐르게 할 것이다
우리를 빛 가운데로 인도하실 것이다
우리를 통해 주님의 뜻을 이루실 것이다.

항상 기뻐하십시오. (데살로니가전서 5:16)

✤ 묵상 쓰기

풍성한 삶

눈에 보이는 많은 것들
건강한 몸, 겉으로 드러난 환경들
물질적 풍요로움, 권력과 명예
이런 것은 풍성한 삶이 아닙니다
세상의 지나친 풍요로움은
하나님과의 관계를 막고 있습니다
과욕의 풍요로움은 우리의 영혼을 썩게 합니다
풍성한 삶은 하나님을 완전하게 이해하며
그분과 늘 교통하는 데 있습니다
그런 풍성한 삶은 나의 풍성함이
누군가의 도움이 되며
영혼의 아름다움으로 빛날 것입니다
하나님이 우리를 위해 하시는 일들이
풍성한 삶의 시작입니다.

하나님께서는 이 성령을 우리의 구주이신 예수 그리스도로 말미암아 우리에게 풍성하게 부어 주셨습니다. (디모데전서 3:6)

✤ 묵상 쓰기

9월

수고하고 무거운 짐진 자들은 모두 내게로 오라
내가 너희를 쉬게 하리라.

(마태복음 11:28)

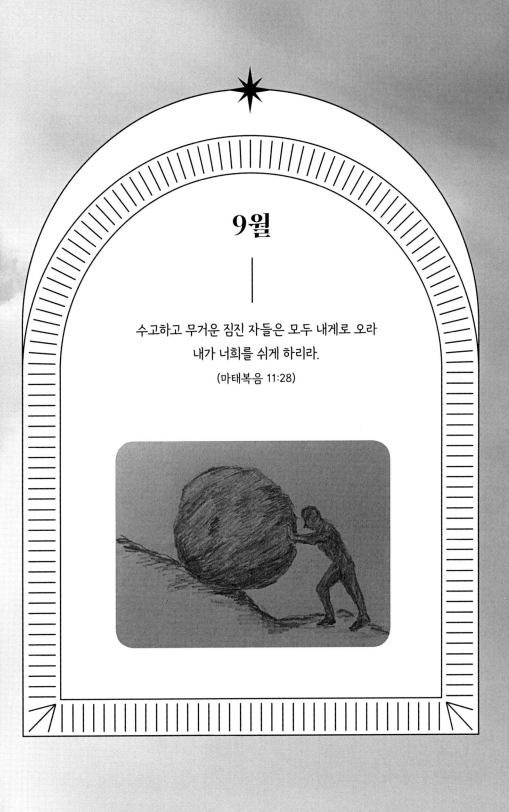

거룩 거룩 거룩

성도의 삶의 목표는
거룩 거룩 거룩
하나님이 원하시는 삶은
거룩 거룩 거룩
주님이 우리를 구원하신 것은
우리가 거룩을 향해
창조되었기 때문이다
거룩함으로 우리는
발걸음이 빛 가운데로 가고
입술은 좋은 것을 말하고
머리는 순수함을 생각한다
오늘도 주님은 우리를 통해
거룩을 드러내기 원하신다
거룩하신 주님을 영접합니다
거룩 거룩 거룩.

여러분을 불러주신 그 거룩하신 분을 따라 모든 행실을 거룩하게 하십시오.
(베드로전서 1:15)

✦ 묵상 쓰기

옥합을 깨뜨릴 때

누가 주님을 위해 일을 할까
베다니의 마리아가 깨뜨린
귀한 향유를 기억하시겠다며
영원히 기억의 자리에 두셨네
이런 저런 계산에 얽매임 없이
세상은 구원하신 주님을 위해
자신의 모든 것 쏟아붓는 순수한 행함
주님의 자녀라면 주님 위해 자신을 드리는 것
나의 가장 귀한 것을 드리는 것
삶의 성공으로 드리는 것이 아니라
하나님이 나를 통해 이루시는 것으로
드려지는 것이 바로 옥합이리라
바로 지금 옥합을 깨뜨릴 시간이다.

주님께서 나에게 응답하시고, 나에게 구원을 베푸셨으니 내가 주님께 감사를 드립니다. (시편 118:21)

✤ 묵상 쓰기

주먹을 펼 때

미움이 생기나요
주님이 주신 사랑을 잊었기 때문이죠
갈등이 생기나요
주님이 주신 평화를 잊었기 때문이죠
욕심이 생기나요
주님이 주신 축복을 잊었기 때문이죠
나의 욕심 때문에
내가 사랑하는 사람들까지 위태롭습니다
나의 갈등 때문에
내가 사랑하는 사람들까지 떠날 수 있습니다
나의 미움 때문에
내가 사랑하는 사람들까지 잃을 수 있습니다
지금 움켜진 주먹을 펴서
모두에게 드리는 축복의 통로가 되어요.

너희를 저주하는 사람들을 축복하고, 너희를 모욕하는 사람들을 위하여 기도하여라. (누가복음 6:28)

✤묵상 쓰기

그분의 것이다

내 것이라고 고집할 때
나는 아무것도 가질 수 없고
아무 것도 이룰 수 없다
모든 것 버릴 때
모든 것 얻을 수 있다는 진리
나를 내려놓고 내 목숨까지 버릴 때
그분의 것이 되리라
주님의 것이 될 때
주님 주신 소명을 이룰 수 있다
구원의 사랑에 감사를 품고
주님 주신 사명을 이루기 위해
온전히 주님의 것이 되어야 한다.

우리가 살아도 주님을 위하여 살고, 죽어도 주님을 위하여 죽습니다.
그러므로 우리는 살든지 죽든지 주님의 것입니다. (로마서 14:8)

✚ 묵상 쓰기

부르심에 깨어나

주님,
내가 누구입니까
주님을 버리고 도망치기도 했고
주님을 모른다고도 했으며
주님이 다시 사신 것을 믿지도 않았습니다
주님의 고난을 모른척 했습니다
주님을 이용해 세상의 부와 권력을
얻으려고 기웃거렸습니다
이제 어떻게 해야 하나요
주님이 잡아 주실 때도 머뭇거릴 뿐
자꾸 나의 길을 돌아봅니다
나를 깨우는 주님의 음성에
조용히 일어섭니다
성령의 부르심을 받고 깨어나
머뭇거림에서 벗어납니다.

형제자매 여러분, 각각 부르심을 받은 그때의 처지에 그대로 있으면서 하나님과 함께 살아가십시오. (고린도전서 7:24)

✚ 묵상 쓰기

성령의 강

그리스도인의 삶에 흐르는 강은
주님과 하나 되어 그 인도하심에 따라
흘러 흘러 갑니다
모든 장애물을 극복하면서
모든 어려움을 품어주면서
흐르는 순간순간
수많은 영혼들을 치유하고
놀라운 진리들을 열어 주시고
깊은 사랑을 안겨 주십니다
아주 작은 지점에서 시작되어
크나 큰 축복의 바다를 이룹니다
내 마음에 흐르는 깊고 넓은 강
성령의 강.

> 성령의 열매는 사랑과 기쁨과 화평과 인내와 친절과 선함과 신실과 온유와 절제입니다. 이런 것들을 막을 법이 없습니다. (갈라디아서 5:22~23)

✤ 묵상 쓰기

생수의 강

살아서 흐르는 강

삶 속에서 흐르는 은혜의 강

나를 통해 모두에게 흐르는 축복의 강

흐르면서 솟구치는 생수의 강

세상의 눈으로 보기에는

작고 보잘것없을지라도

차고 넘쳐서 풍성한 사랑의 강

근원은 주님께 연결되어

누구도 막을 수 없는 생명의 강

멈추지 않고 흐르기를 원하시며

사명자를 찾고 계신 주님

고여 죽어가는 호수가 아니라

영원히 죽지 않는 생수의 강이 흐르도록

주님과 하나 되야 한다.

그에게서 생명을 얻었으니, 그 생명은 사람의 빛이었다. (요한복음 1:4)

✤ 묵상 쓰기

영적 싸움

구원을 받았습니다
값없이 그저 선물로 받았습니다
우리는 영원한 죄인이므로
우리는 죄와 싸울 수 없습니다
우리는 죄를 이길 수 없습니다
오직 주님만이
그분의 구속 사역을 통해
죄를 이길 수 있습니다
우리의 인격으로 구원을 받는 게 아닙니다
우리의 싸움은 영적인 싸움입니다
끊임없는 믿음의 선택을 통해서만
승리할 수 있는 싸움입니다
죄사함을 통해 거룩해지는 것입니다
거룩함으로 영광의 자리에 들어가는 것입니다.

**믿음의 선한 싸움을 싸우십시오. 영생을 얻으십시오.
하나님께서는 영생을 얻게 하시려고 그대를 부르셨습니다. (디모데전서 6:12)**

✤ 묵상 쓰기

나를 버리고

삶의 욕심을 버려야 주님을 따를 수 있습니다
세상 끝날까지 싸워야 하는 것이
나를 내려놓는 것입니다
나를 버리지 않으므로
주님의 사역을 감당하지 못합니다
내가 살아있어서, 내 뜻대로 즉흥적으로
감정적으로 살아갑니다
나를 버리고 주님께 순종할 때
올바른 사역의 길을 발견합니다
나를 버리는 훈련이 먼저 되어야 합니다
나를 항복시켜야 주님의 일이 감당이 됩니다
인간의 냄새를 가지고 주님의 일을 할 수 없습니다
나를 버리는 훈련을 통해
주님을 조금씩 알아 갑니다.

더러움과 넘치는 악을 모두 버리고, 온유한 마음으로 여러분 속에 심어주신 말씀을 받아들여야 합니다. 그 말씀에는 여러분의 영혼을 구원할 능력이 있습니다. (야고보서 1:21)

♣ 묵상 쓰기

아무것도 할 수 없을 때

죽어가는 생명을 바라보며
아무것도 할 수 없습니다
마음만 앞서며 아무것도 할 수 없습니다
갈등과 번민이 가득 차 엎드러질 때
아무것도 할 수 없습니다
아무것도 할 수 없는 위기가
내 삶을 돌고 돌 때
나의 성품이 드러납니다
모든 게 잘 된다면 잘 할 수 있을 것 같은
생각이 자꾸 맴돌 뿐
잘 되어도 바른 길을 가고 있는지
염려하며 고민합니다
아무것도 할 수 없을 때
나는 부적격자입니다
아무것도 할 수 없을 때
그냥 주님 앞에 엎드립니다
그것이 시작입니다.

**우리 주 하나님을 찬양하여라, 그분의 발 등상 아래 엎드려 절하라.
주님은 거룩하시다.** (시편 99:5)

✤ 묵상 쓰기

발을 씻기며

주님이 무릎 꿇고 하신 일들은
아주 보잘것없고 일상적인 것들이었다
그러나 주님은 이런 작은 일이라도
하나님 아버지의 능력을 사용하였다
내가 한 것처럼 너희도 하라
성도의 발을 씻기며 주님은 생각합니다
나는 진정으로 주님의 능력을 갖고
발을 씻기는가
내 안에 있는 주님의 사랑으로
발을 씻기는가
주님, 부족하지만
겨자씨만큼의 사랑을 가지고
무릎을 꿇습니다
그리고 발을 씻깁니다.

주이며 선생인 내가 너희의 발을 씻겨 주었으니, 너희도 서로 남의 발을 씻겨 주어야 한다. (요한복음 13:14)

✚ 묵상 쓰기

혼돈

사랑을 덮는 검은 구름

믿음을 흔드는 강한 바람

갈등을 일으키는 회오리

우정과 사랑을 흔드는 눈물

평온을 깨뜨리는 아픔들

보이지 않는 절망 속에서의 답답함

이해할 수 없는 것들이 주는 탄식

혼돈이 나를 덮을 때

주님의 뜻을 알고자 무릎 꿇습니다

보이지 않아도 기다리시며

구하는 모든 것을 아시는 주님께서

알지 못한다고 하시는 말씀에

나를 돌아보며, 주님을 향해 발을 뗍니다

서서히 혼돈의 구름이 걷힙니다.

여러분은 그리스도로 말미암아 하나님을 믿고 잇습니다. 하나님은 그리스도를 죽은 사람 가운데서 살리시고 그에게 영광을 주셨습니다. 그래서 여러분의 믿음과 소망은 하나님을 향해 있습니다. (베드로전서 1:21)

❖ 묵상 쓰기

내어 맡기고

나의 의지를 고집하지 말고
주님께 내어 맡길 때
모든 것이 이루어집니다
주님은 우리가 주님께 맡길 때까지
기다리고 또 기다리십니다
나의 모든 삶을 내어 맡길 때
주시는 주님의 사명이 보이고
주님의 안식을 누릴 것입니다
어떤 순간에도 주님께 맡기는
결단이 필요합니다
모든 것 내어 맡긴 후
주님과의 계속되는 교제를 열망합니다.

여러분의 걱정을 모두 하나님께 맡기십시오. 하나님께서는 여러분을 돌보고 계십니다. (베드로전서 5:7)

✤ 묵상 쓰기

순종함으로

아무리 작은 것이라도
주님께 묻고
주님의 음성을 듣고
주님이 주신 길을 걷습니다
진실함은 주님을 바로 알고
순종하는 것입니다
주님의 강권함에 순종함으로
역사를 이루어 갑니다
우리의 작은 생각으로
성령의 인도하심을 벗어나는 순간
영적 혼돈으로 순종의 길에서 벗어납니다
순종함으로 항상 진실함 가운데 머물며
영적 평안을 누립니다.

여러분은 그리스도를 두려워하는 마음으로 서로 순종하십시오. (에베소서 5:21)

✤ 묵상 쓰기

나를 막는 것들

빛이 비추는 순간
모든 게 드러납니다
거짓말, 질투, 시기, 분노
욕심, 교만, 쾌락, 음란…
옛부터 쌓여진 죄성들이
나의 부끄러움을 드러냅니다
속일 수 없는 부끄러움이
나의 길을 막습니다
과거로 돌아가서는 안 되기에
더욱 주님을 향해 달려갑니다
영혼의 위대한 변화를 체험하기 위해
나를 막는 것들을 물리칩니다
주님, 도우소서.

하나님의 진노가 불의한 행동으로 진리를 가로막는 사람의 온갖 불경건함과 불의함을 겨냥하여, 하늘로부터 나타납니다. (로마서 1:18)

✚ 묵상 쓰기

은밀한 기도

기도는 하나님을 향하는 것입니다
하나님 외에 다른 것을
의식하는 기도는 안 됩니다
주님의 제자가 되기 위해서는
은밀한 기도가 필요합니다
누군가에게 보이기 위한 기도는
그저 형식일 뿐 생명이 없고
아무런 감동과 응답이 없습니다
하나님과 온전한 교제를 위해서는
은밀한 기도가 필요합니다
은밀한 기도를 위해
시간을 정하고
마음을 정해야
제자의 삶으로 인도됩니다.

주님, 내 기도를 들어 주시고, 내 부르짖음이 주님께 이르게 해주십시오.
(시편 102:1)

✚ 묵상 쓰기

감당할 시험

세상 속 잡념들이 나를 흔든다
우리 삶에 늘 존재하는 것
피할 수도 없이 일어나는 것에
죄는 조금씩 다가온다
사람이라면 누구나 겪는 것인데
나만 당하는 것 같은 생각에 빠져
갈등의 담을 쌓는다
나의 본성과 삶을
지배하는 것들이 드러나게 된다
내 마음속 욕심의 우상이
죄를 물리치지 못할 때
하나님은 시험을 면제해 주시지 않으나
시험을 이길 수 있는 길을 열어 주신다.

여러분이 감당할 수 있는 능력 이상으로 시련을 겪는 것을 하나님은 허락하지
않으십니다. 하나님께서는 시련과 함께 그것을 벗어날 길도 마련해 주셔서,
여러분이 그 시련을 견디어 낼 수 있게 해주십니다. (고린도전서 10:13)

✤ 묵상 쓰기

유혹

우상이 나를 흔드네

나의 본성과 성품을 저울질하며

마음속 중심을 흔들고 있네

육신을 끌고 가려고 속삭이네

죄를 지으라고 속삭이네

나의 관점과 인생관을 바꾸려 하네

욕심을 버리지 않으면

언제든지 유혹에 빠질 수밖에 없네

신앙의 연륜이 깊어질수록

유혹은 강한 힘으로 오네

세상 죄를 이기신 주님도

성령에 이끌리어

광야에서 유혹을 받았으나

성령으로 유혹을 물리치셨네.

하나님의 나라는 먹는 일과 마시는 일이 아니라, 성령 안에서 누리는 의와 평화와 기쁨입니다. (로마서 14:17)

✤ 묵상 쓰기

주님과의 동행

주님이 가신 길은
고아, 과부, 가난한 자의 길
수많은 환자들의 길
끝없는 사랑의 길
복음 전파의 길
땀이 핏방울이 되는 기도의 길
외롭고 쓸쓸한 길
보혈로 이루신 십자가의 길
영원한 사랑과 구원의 길
사망권세 이기신 부활의 길
아무런 발자국의 흔적이 없는 길까지
오직 주님의 음성은
나를 따르라
나를 따르라
자기 십자가 지고.

예수께서 제자들과 함께 무리를 불러놓고 그들에게 말씀하셨다. 나를 따라오
려고 하는 사람은, 자기를 부인하고, 자기 십자가를 지고, 나를 따라 오너라.
(마가복음 8:34)

✚ 묵상 쓰기

온전한 삶을 향하여

무릎 꿇고 기도하는 삶이
생활 속에서 실천되는가
찬송에 은혜가 넘치듯
삶 속에서도 은혜가 넘치는가
선을 행하면서
진실로 주님을 닮아가는가
말씀을 들으면서도
내가 먼저 회개하지 않고
다른 사람의 허물과 결함이
먼저 생각나는가
주님이 보여주신 모든 것은
하나님의 모든 것이듯
나 자신이 주님의 본이 되는가
진정한 그리스도인은
제자의 본을 보여야 한다
하나님 아버지께서 온전하심과 같이
나도 온전해야 한다.

그 행실이 온전하고 주님의 법대로 사는 사람은, 복이 있다. (시편 119:1)

✚ 묵상 쓰기

다시 에덴을 만들며

죄로 닫혀진 에덴

그러나 변함 없으신 하나님의 사랑

동일한 인격으로

택함을 받은 가장 큰 기쁨

우주를 유익하게 하시는 은총

하나님의 본성이신 뜨거운 사랑

그리스도를 통해 이루신 구원의 역사

하나님을 영화롭게 하고

영원히 하나님과 하나 되기 위해

열린 마음으로

매일 매일 삶 속에서

에덴을 만들어 간다.

**주 하나님이 동쪽에 있는 에덴에 동산을 일구시고 지으신 사람을 거기에 두셨
다. (창세기 2:8)**

✤ **묵상 쓰기**

주님께 더욱 가까이

주님을 생각하면
값없이 주시는 사랑이 떠오르네
그러나 그 사랑이 진정 무엇인지
알려고 하지 않네
나의 가장 깊숙한 곳까지 아시며
내 영혼을 만족시키는데
때때로 멀리 계시는 분으로 느끼네
거룩하신 구주로
삶을 치유하시는 주님
주님은 우리에 더 가까이 오시며
친구가 되어 주시네
모든 것에 강요 없으시고
어떤 수단도 요구치 아니 하시네
우리는 주님의 소유이기에
한 발 더 가까이 다가갑니다.

주님은, 주님을 부르시는 모든 사람에게 가까이 계시고, 진심으로 부르는 모든 사람에게 가까이 계신다. (시편 145:18)

✚ 묵상 쓰기

변치 않는 목표

십자가 망치 소리에
구속(救贖)의 문이 열렸네
십자가에서 끝날 수 없어
영광을 보여주시는 주님
세상은 초를 다투며 변하고 있으나
그리스도인의 삶은 변함 없네
가장 귀한 목표는
세상에 유용한 사람이 아니라
하나님의 뜻을 이루며 사는 것
주님 주신 소명 바꿀 수 없네
예루살렘을 향해 올라가는
발걸음에는 조금도 변함이 없네.

그리스도 예수 안에서, 하나님께서 위로부터 부르신 그 부르심의 상을 받으려고, 목표점을 바라보고 달려가고 있습니다. (빌립보서 3:14)

✤ 묵상 쓰기

형제와 화목하고

화평케 하는 자
하나님의 아들이라 불리네
평화의 주로 오신 주님
하나님의 독생자이시네
형제와 화목하게 하려는 첫걸음은
먼저 마음을 주님 안에서 다스리는 것
우월감에 찬 교만함을 버리고
영웅적인 희생정신도 버리고
형제를 보는 것이 주님을 보는 것처럼
성령이 주관하셔서
화목의 강이 흐를 때
하나님의 아들이 되네.

마른 빵 한 조각을 먹으며 화목하게 지내는 것이, 진수성찬을 가득히 차린 집에서 다투며 사는 것보다 낫다. (잠언 17:1)

✤묵상 쓰기

내가 여기 있사오니

어떤 상황 속에서도
아주 조그마한 분노를 품은
흔적이 있어서는 안 된다
주님의 열정을 따라갈 수 없을지라도
주님을 따라가는 도전을
멈춰서는 안 된다
세상의 모든 관계와 희미해져도
주님과의 관계는 결코
희미해져서는 안 된다
산 위에서 주신 생명의 교훈은
영혼의 복을 누리는 교훈이다
나 스스로 제자로 나설 수 없기에
초자연적인 은혜로 만드시는 제자의 길
그 길을 바라보며 무릎으로 고백한다
내가 여기 있사오니 이끄소서
주님이 원하는 곳으로 보내소서.

나를 도우셔서, 주님의 법도를 따르는 길을 깨닫게 해주십시오. 주님께서 이루신 기적들을 묵상하겠습니다. (시편 119:27)

✚ 묵상 쓰기

예물을 드리기 전

예배하는 마음속에서
안개처럼 깔리는 갈등과 원망과 고민
성령의 부르심이 고요한 파문을 일으키며
예리하게 의식을 깨운다
마음이 찔리고
확신이 멈추고
의식이 사라짐에
벌떡 일어나 되돌아가서
하나님의 말씀에 순종하여
사랑으로 하나 된 후
나의 모든 욕심을 내려놓고
진실과 진리로 수(繡) 놓은 마음 안고
예물을 드리나이다.

**너는 그 제물을 제단 앞에 놓아두고, 먼저 가서 네 형제나 자매와 화해하여라.
그런 다음에 돌아와서 제물을 드려라. (마태복음 5:24)**

✤묵상 쓰기

일단 출발

나를 따르라!
주님, 잠깐만요
약속된 사람 만나고 나서요
장사(葬事) 치르게 시간을 주세요
밀린 집안일을 할 게 많아요
주님을 향한 충성보다
주님은 늘 끝에 두고서
나의 일처리가 먼저 앞서네요
갈등이 충성을 흔들 때
주님께 순종의 뿌리를 내릴게요
주님 부르시면 무조건
일단 출발.

예수께서 모든 사람에게 말씀하셨다. 나를 따라오려는 사람은, 자기를 부인하고, 날마다 자기 십자가를 지고, 나를 따라 오너라. (누가복음 9:23)

✚ 묵상 쓰기

주님의 시선

오늘도 주님은 우리를 향해 계십니다
세상과 더불어 즐거움에 싸여
주님을 잊고 있을 때에도
주님은 보고 계십니다
주님을 볼 때까지
주님은 기다리시며 보고 계십니다
세상의 애착을 끊고
시선을 주님께 돌릴 때
주님을 볼 수 있습니다
주님의 시선은 우리를 변화시킵니다
주님을 통해 변화될 때
주님을 완전히 의지할 수 있습니다
쉼 없이 시선을 주님 향해.

나의 힘이신 주님, 주님은, 내가 피할 요새이시니 내가 주님만 바라봅니다.
(시편 59:9)

✚ 묵상 쓰기

주님을 향해

감춘 것은 아무런 의미가 없다
나를 숨겨두면 아무런 변화가 없다
주님의 부르심에 숨어 버리면
갈등에 휩싸여 앞을 볼 수 없다
깨달음을 얻으려면
세상 장막을 걷고
주님을 향해 나를 드러내야 한다
활짝 드러내 부르심을 받으면
어떤 역경도 문제가 되지 않는다
소명을 위한 수고를 통해
주님을 드러낼 것이다.

하늘은 하나님의 영광을 드러내고, 창공은 그의 솜씨를 알려 준다. (시편 19:1)

✤ 묵상 쓰기

기쁜 괴로움

영적 헌신으로부터
소명이 태어난다
겉으로 드러난 헌신의 모양으로
모든 것이 다 이루어지는 것이 아니다
진정 나의 영혼까지 드려져
주님의 부르심에 완전한 순종을 하였는가
소명을 이루기 위해 철저히 부서졌는가
소명을 완성하기 위해 당하는
수많은 괴로움을 기뻐할 마음이 있는가
주님이 원하시는 대로
모든 것 허락하고 순종할 때
닥치는 괴로움 속에서
주님 주시는 기쁨 누리리라.

내 영혼아, 네가 어찌하여 그렇게 낙심하며, 어찌하여 그렇게 괴로워하느냐? 너는 하나님을 기다려라. 이제 내가 나의 구원자, 나의 하나님을 또다시 찬양하련다. (시편 42:5)

✠ 묵상 쓰기

10월

여호와를 우러러 바라보는 자는 새 힘을 얻으며
독수리가 날개 치며 올라감 같은 것이다.

(이사야 40:31)

영적 이기심

먼저 체험한 믿음으로
올라가서 내려다보기를 좋아합니다
그러나 하나님은 그곳에
머무는 것을 원치 않습니다
올라가기만 하는 것은
욕심, 교만, 명예, 자부심, 애착…
영적 이기심으로 수놓아진
마귀의 전략입니다
이제 내려와
해 지는 골짜기
세상의 버려진 곳을 향해
영적 헌신을 쏟아부어
주님의 목적을 이루어야 합니다.

이기심에 사로잡혀서 진리를 거스르고 불의를 따르는 사람에게는 진노와 분노를 쏟으실 것입니다. (로마서 2:8)

✦ 묵상 쓰기

현실의 벽

세상은 참으로 바쁩니다
세상은 너무도 복잡합니다
세상은 무척 힘이 듭니다
현실은 답답함에 늘 젖어 있고
무언가 부족함에 깔려있고
더 얻고 싶은 욕망에 꿈틀거립니다
이 험한 세상에서
하나님을 향한 우리의 진정한
가치를 드러내기 위해
무릎을 꿇고 기도하고 찬양하며
말씀으로 무장합니다
현실의 벽을 부수고
주님을 내 마음에 모십니다.

우리는 사방으로 죄어들어도 움츠러들지 않으며, 답답한 일을 당해도 낙심하지 않으며, 박해를 당해도 버림받지 않으며, 거꾸러뜨림을 당해도 망하지 않습니다. (고린도후서 4:8~9)

✤ 묵상 쓰기

집요하게 집중

기도를 가로막는 많은 것들
게으름 무기력 혼란 갈등 욕심
주님과의 인격적인 만남의 실패
인간적인 열심이
도리어 주님의 영광은 가려지고
영혼은 사막 한 가운데서 방황하네
이럴 때 마음을 모아
생명의 빛을 향해 나가야 하네
영혼의 자유함을 얻기위해
오직 주님께 집중하여야 하네
모든 어려움 주님 앞에 내려놓고
집중 주님께 집중
집요하게 집중
주님의 빛 안으로 집중하네.

하나님, 나를 지켜 주십시오. 내가 주님께로 피합니다. (시편 16:1)

✤ 묵상 쓰기

다듬어지는 삶

편안한 가운데

아름다움을 느끼며

안락함을 맛보며

쾌락함으로 기쁨을 얻고자

많은 수고의 땀을 흘립니다

그러나 염려는 더 쌓이고

어려움은 반복되고

갈등의 골은 깊어집니다

믿음은 늘 그 자리에서 맴돌고

주님은 어느덧 내 삶의 언저리에서

물끄러미 보실 뿐,

내 안에 주님을 모실 때

조금씩 다듬어지는 삶이 된다.

열심을 내어서 부지런히 일하며, 성령으로 뜨거워진 마음을 가지고 주님을 섬기십시오. (로마서 12:11)

✜ 묵상 쓰기

어둠에 잠길 때

한 사람의 죄로 인해
에덴의 문이 잠길 때
모두가 죄의 사슬에 매여
어둠에 잠깁니다
빛으로 오신 한 사람이
모두를 대신하여 죄를 짊어지고
어둠 속에서 빛을 발하며
죄를 없애 주십니다
내 삶이 어둠에 잠길 때
빛을 바라보아야 합니다
주님을 모르면 어둠을
더 사랑하게 됩니다
오직 주님만이 어둠을
제거해 주십니다.

우리가 그리스도에게서 들어서 여러분에게 전하는 소식은 이것이니, 곧 하나님은 빛이시오, 하나님 안에는 어둠이 전혀 없다는 것입니다. (요한1서 1:5)

✚ 묵상 쓰기

영원한 삶

육으로 태어나
육으로 죽습니다
그러나 영원히 죽지 않는 삶은
영혼의 아름다움
매일 매일 성령으로 태어나
나의 삶을 바꾸며 살 때
주님통해 받는 거룩함으로
내 삶은 영원히 영원히
새로운 삶의 빛이 비칩니다.

주님, 내 영혼이 주님을 기다립니다. (시편 25:1)

✤ 묵상 쓰기

하나님과 함께

내가 나를 구속할 수 없기에
하나님께서 함께 하시므로
구속의 완성은 빛나네
독생자 예수를 제물로 삼아
죄인된 우리를 성도삼아 주시니
하나님과 연합되었네
태초에 시작된 죄의 함정에서
벗어나지 못한 우리를 위해
온 마음을 다하여
모든 죄를 살과 피로 담당하시고
하나님과 함께하는 최고의 회복
최고의 사랑을 주셨네.

이 말씀은 믿을 만합니다. 우리가 주님과 함께 죽었으면, 우리도 또한 그분과 함께 살 것이요. (고린도후서 2:11)

✚ 묵상 쓰기

내게로 오라

오라
주님 부르시면
멈칫거리며 뒤를 돌아봅니다
내 모습을 보고
내 생활을 보고
세상의 유익함을 보면서
한 발 떼기를 생각합니다

내게로 오라
네 모습 그대로
네 생활 그대로
세상의 유익함 뒤로하고
아무것도 필요 없이 오라
내밀고 계시는 주님의 손
달려가 잡습니다
조금도 변함없으신 주님의 손을.

우리의 기도를 들으시는 주님, 육신을 가진 사람이면 누구나 주님께로 나아옵니다. (시편 65:2)

✤ 묵상 쓰기

속죄의 영역으로

죄 가운데 살고 있습니다
많은 죄들이 도처에서 날뜁니다
믿음을 흔들어
죄악의 갈등 속으로 당깁니다
미움 다툼 시기 질투의 싹이
고개 들어 마음 가까이 다가옵니다
훈련되지 않은 구원은
죄악으로 쉽게 무너집니다
내가 하는 것이 아니라
주님이 하신 것을 믿는 것이
죄를 이기는 출발입니다
주님이 세우신 구속 위에
나의 믿음을 세웁니다
그리고 끊임없이 전심을 다해
속죄의 영역을 향해 나아갑니다
역사하시는 주님의 사랑
마음 깊숙이 신뢰합니다.

우리는 그 아들 안에서 구속 곧 죄 사함을 받았습니다. (골로새서 1:14)

✛ 묵상 쓰기

순종의 빛

험한 산을 넘고 넘어
죄악의 골짜기를 지날지라도
순종의 빛을 따라가면
하나님의 말씀이 열립니다
나의 힘으로
나의 능력으로
순종의 빛을 찾는 게 아니라
하나님의 진리 길을 따라가면
순종의 빛이 선명하게 스며들어
깊고 깊은 진리가 내 것이 됩니다
순종의 길을 가면서
주님을 조금씩 알 때마다
주님은 진리의 빛을 보여 주십니다
조금씩 자라가는 신앙의 열매는
순종의 거름으로 더욱 풍성해집니다.

예수께서 다시 그들에게 말씀하셨다. "나는 세상의 빛이다. 나를 따르는 사람은
어둠 속에 다니지 아니하고, 생명의 빛을 얻을 것이다." (요한복음 8:12)

✚ 묵상 쓰기

침묵

기도를 드리지만
하나님은 침묵하십니다
응답의 열매를 얻으려는
안타까움에 기도를 드리지만
하나님의 침묵 의미는
이미 들으셨다는 것이며
진정한 깨달음을
갖게 하시려는 신호입니다
응답은 하나님의 주권에 속하기에
기도가 주님의 뜻에 합당하면
완벽한 믿음으로 주님과 하나됩니다
주님과 친밀한 관계의 첫 신호는
침묵, 침묵이 주는 깨달음입니다.

주님께서 나에게 큰 깨달음을 주시면, 내가 주님의 계명들이 인도하는 길로 달려가겠습니다. (시편 119:32)

❖ 묵상 쓰기

연단이 주는 감사

평온할 때는
결실의 의미를 잊을 때가 있습니다
하나님을 모를 때는
삶의 의미를 모릅니다
하나님을 알아 가려면
분명 어려움이 따라옵니다
어린아이가 걸음마를 배울 때처럼
자꾸 넘어집니다
주님과 보조를 맞추려면
자꾸 넘어집니다
주님과 하나 되려고 땀을 흘릴수록
많은 연단이 나타납니다
주님의 관점에서 연단을 알아야 합니다
성령을 받으려면 연단의 터널을 통과해야 합니다
성령은 삶을 통해 주님의 관점으로 바꾸도록
연단의 과정을 거칩니다
그래서 고난당한 것이 유익이라고 말씀하십니다.

그리스도의 고난이 우리에게 넘치는 것과 같이, 그리스도로 말미암아 우리의 위로도 또한 넘칩니다. (고린도후서 1:5)

✤묵상 쓰기

광야

주님의 소명을 이루려면
그 부르심에 펼쳐진 광야를 지나야 합니다
작렬하는 태양, 뜨겁게 달아오른 몸,
타는 목마름, 험한 길과 바윗돌,
배고픔과 추위, 고난이 도사린 광야가
우리를 기다리고 있습니다
절망을 이기고
갈등을 넘어서고
불평불만을 잠재우고
배고픔과 추위를 이겨내고
거친 비바람을 막아낼 때
스스로 계신 분의 음성
믿음으로 이겨낸 고난의 시간을 통과해야
성숙한 믿음의 열매를 거두리라
광야는 하나님의 넓고 깊은 사랑입니다.

의로운 사람에게는 고난이 많지만, 주님께서는 그 모든 고난에서 그를 건져 주신다. (시편34:19)

> ✤ 묵상 쓰기

가라

주님의 명령
"가라" "떠나라" "당장 떠나라."
생명조차도 귀하게 여기지 않고
"떠나라"
이미 많은 사랑과 놀라운 권세를 받았으니
"떠나라"
"가라"는 것은 "되라"는 것입니다
지금있는 이곳에서
주님의 증인이 되라는 것입니다
증인된 자로서 제자를 삼는 일을 위해
가야하는 것입니다
달려갈 길 마칠 때까지 가야합니다
생명 다하는 그날 까지 "가라."

진실로 나는, 주님께서 가라고 하시는 그 길에서 벗어나지 아니하고, 무슨 악한 일을 하여서 나의 하나님으로부터 떠나지도 아니하였다. (시편 18:21)

✤ 묵상 쓰기

하나님의 어린 양

십자가는 사랑입니다
세상의 모든 죄를 담고있는 십자가에
주님이 화목제물이 되셨습니다
무한한 속죄 사역은 가장 위대하고
가장 소중한 사랑입니다
주님의 위대한 사명을 이루며
나아가는 사람이 되어야 합니다
나아가며 외치는 것은
오직 오직 복음입니다
복음을 전하지 않으면
어려움을 당해도 이길 수 없습니다
세상 죄를 지고가는 하나님의 어린 양이
우리가 외쳐야 할 복음입니다.

그들은 큰 소리로, "구원은 보좌에 앉아 계신 우리 하나님과 어린 양의 것입니다" 하고 외쳤습니다. (요한계시록 7:9)

✤ 묵상 쓰기

인생의 열쇠

문 앞에 섰는데
열쇠가 없다면 들어갈 수 없습니다
들어가지 못하면 아무것도 할 수 없습니다
밖에서 갈팡질팡 떨며 갈 바를 모릅니다
현관을 여는 열쇠는 쉽게 구할 수 있지만
인생의 문을 여는 열쇠는
쉽게 구할 수 없습니다
인생의 문을 여는 열쇠
거듭나지 않고는
인생의 열쇠를 구할 수 없습니다
인생의 문제를 해결하는 열쇠는
오직 하나님만이 알고 계십니다
그 열쇠는 바로 기도입니다
기도만이 하나님과 나를 열어주는
가장 최고의 열쇠입니다.

사랑하는 여러분, 여러분은 가장 거룩한 여러분의 믿음을 터로 삼아서 자기를 건축하고, 성령으로 기도하십시오. (유다서 1:20)

✚ 묵상 쓰기

기도하는 일꾼

주님이 주인이십니다
일꾼은 주인의 생각을 이루는 것입니다
주님의 생각을 이루는 자가
주님의 일꾼, 성도입니다
성도는 주님의 일을 기도로 시작합니다
기도는 전투입니다
전투는 환경을 가리지 않습니다
어떤 상황일지라도 끊임없이 기도해야 합니다
그러면 주인 되신 주님께서 이루십니다
기도 자체가 위대한 사역이기 때문입니다
기도는 나의 수고가 아니라
주님의 보혈의 근거입니다
일꾼은 일하는 것이지만
끊임없이 기도하지 않으면
주님의 일꾼이 아닙니다.

만물의 마지막이 가까이 왔습니다. 그러므로 정신을 차리고, 삼가 조심하여 기도하십시오. (베드로전서 4:7)

✤ 묵상 쓰기

주님 사랑해요

주님을 사랑한다는 것은
세상 그 어느 것에도 마음을 두지않고
오직 주님께만 마음을 두는 것입니다
세상과 연결된 많은 일들 속에서도
주님과 연결만 되어 있다면
주님께서 놀랍도록 역사하십니다
주님의 음성
네가 나를 사랑하느냐
내 양을 먹이라
감성적, 허상(虛像)적이 아닌
실질적인 사랑을 말씀하시는 주님
사랑의 소명이 함께 하기에
변함없이 사랑을 이어갑니다
주님, 사랑해요.

나는 내 희망을 언제나 주님께만 두고 주님을 더욱 더 찬양하렵니다.
(시편 71:14)

✤ 묵상 쓰기

먼저 하나님의 사람 되어

하나님 나라를 보려하네
거짓으로 하나님 나라를 만들어
보여 주려는 간악한 무리들
겉으로 드러난 것에 미혹되어
육신이 타락되어 기어이
영적 타락으로 변질되네
하나님 나라는
볼 수 있게 오는 것이 아니라
너희 안에 있다는 주님의 말씀
우리 안에 감추어진 하나님을 알려면
먼저 하나님의 사람이 되어야 하네
하나님의 사람은
하나님이 주신 생명샘에 푹 담겨져
깊이 말씀으로 젖어있는 사람이네.

보좌 한가운데 계신 어린 양이 그들의 목자가 되셔서, 생명의 샘물로 그들을 인도하실 것이고, 하나님께서 그들의 눈에서 눈물을 말끔히 씻어 주실 것입니다. (요한계시록 7:17)

✚ 묵상 쓰기

나의 뜻은

끊을 수 없는 하나님의 사랑

내가 싫다고 해서

없어지는 것이 아닌 하나님의 사랑

이미 영원부터 한 가족되어

하나님 아버지로서 내 안에 계시기에

주님 안에 있는 하나님의 사랑은

끊을 수 없네

하나님의 뜻이 나의 뜻이 되도록

하나님 안에 내가 거하고

내 안에 하나님이 계셔서

모든 일을 행하시도록

낮은 마음으로 순종해야 하네.

여러분이 하나님의 뜻을 행하고서, 그 약속해 주신 것을 받으려면, 인내가 필요합니다. (히브리서 10:36)

✢ 묵상 쓰기

초자연적 은혜

주님의 사명을 감당하기 위해서는
주님의 은혜가 필요하다
그러나 순간 순간 은혜를 잊고
자신의 기질과 성격에 따라
신앙을 만들어 갈 때는
주님의 은혜는 멈추게 된다
제자의 사명 감당은 처음부터 끝까지
하나님의 초자연적인 은혜 위에
굳건히 세워져야 한다
매일 매일 살아가고 있는 이 순간에도
하나님의 초자연적인 은혜가
우리를 같이하고 있다
늘 주님을 향해 걸어가는 삶을 살 때
은혜의 샘물은 넘치리라.

우리는 담대하게 은혜의 보좌로 나아갑시다. 그리하여 우리가 자비를 받고 은혜를 입어서, 제때에 주시는 도움을 받도록 합시다. (히브리서 4:16)

❖ 묵상 쓰기

주님이 주시면

우리는 너무도 많은 게 필요하다
욕구 충족을 위해 요구하는 기도가 넘친다
흥정하는 마음의 위험한 기도
주님 주시면 움직이려는 착각의 기도
나를 완전히 내려 놓지 않으면서
주님의 역사(役事)를 바라는 이기적 기도
수고하고 무거운 짐이 있다면
먼저 주님 앞에 내려 놓아야 한다
그리고 주님의 구속 증거가 되는
성령으로 충만해야 한다
주님과 하나 되면 주님이 주시며
크게 들어 쓰며 역사하신다.

말로 다 형언할 수 없는 선물을 주시는 하나님께 감사합니다. (고린도후서 9:15)

✚ 묵상 쓰기

무조건 항복

나의 생각이 앞서갑니다
나의 행동이 먼저입니다
하나님을 향하기 전에
먼저 남을 보며 판단합니다
열심히 뛰나 결실은 없습니다
주님 어떻게 된 것입니까
침묵하시는 주님을 향해
발버둥치며 외치며 울부짖습니다
주님은 내 의지와는 상관없이
주님의 역사(役事)를 이루어 가십니다
모든 것이 하나님께로부터 난 것이므로
하나님 우선주의로 돌아가야 합니다
하나님 앞에서 우리는 무조건 항복입니다.

하나님께서는 만물을 그리스도의 발 아래 굴복시키시고, 그분을 만물위에 교회의 머리로 삼으셨습니다. (에베소서 1:22)

✤ 묵상 쓰기

그리스도의 향기

향기가 퍼지면

모두가 향기를 따라 모입니다

향기는 보이지 않지만

몸과 마음을 편안하게 합니다

보이지 않는 것이 더 소중합니다

보이는 것에 마음을 두는 순간

향기는 사라집니다

우리 모두는 하나님 앞에서

그리스도의 향기입니다

주님의 향기에 휩싸여

어느 곳에 가든지 큰 기쁨이 됩니다

내 삶에서도 주님의 향기가 퍼집니다

기쁨이 넘칩니다.

우리는, 구원을 얻는 사람들 가운데서나, 멸망을 당하는 사람들 가운데서나, 하나님께 바치는 그리스도의 향기입니다. (고린도후서 2:15)

✚ 묵상 쓰기

택함을 받은 자

하나님을 향한 길은 한 길입니다
내가 너희를 택하여 세웠다고 하시는
주님의 부르심을 듣고
스스로 좌로나 우로나 치우쳐
부르심의 근본을 잊는다면
하나님은 크게 실망하실 것입니다
내가 일꾼이 되겠다고 택하는 것이 아니라
하나님이 택함으로써 내가 일꾼이 되기에
택함을 받기 전에는 알 수 없었던
하나님의 방법을
택함의 옷을 입은 후에는
하나님께서 이끄실 것입니다
오직 하나님께서 이끌어 가시도록
나의 모든 것을 드리는 것이
택함을 받은 자의 선택입니다.

너희가 나를 택한 것이 아니라, 내가 너희를 택하여 세운 것이다. 그것은 너희가 가서 열매를 맺어, 그 열매가 언제나 남아있게 하려는 것이다. (요한복음 15:16)

✤ 묵상 쓰기

흔들림 없이

하나님의 일을 하면서도
세상의 부유함에 흔들립니다
권력을 가진자 앞에서 작아집니다
재능이 있는 자를 보면 부러움이 앞섭니다
하나님의 일이 사람 때문에
흔들리고 작아지면서
세상의 부러움으로 희석된다면
주님을 볼 수 없습니다
하나님의 일을 하면서
나의 자랑을 앞세웁니다
나의 생각을 우선합니다
나의 재능을 뽐냅니다
하나님의 일이 나의 교만 때문에
위험한 함정에 빠진다면
주님의 일을 이룰 수 없습니다
하나님의 일은 오직 하나님의 뜻대로 해야 합니다
흔들림 없이.

또 우리에게 약속하신 분은 신실하시니, 우리는 흔들리지 말고, 우리가 고백하는 그 소망을 굳게 지킵시다. (히브리서 10:23)

✤ 묵상 쓰기

지키게 하라

제자를 만드는 것보다
먼저 해야 할 일은 내가 제자가 되는 것
주님은 가서 가르치라 하셨다
가르치는 자가 되기 위해서는
먼저 내가 가르침을 받는 것
가르침을 받기 위해서는
주님과 인격적 관계를
지속적으로 유지하는 것이다
그래야 하늘과 땅의 모든 권세를
능히 감당할 수 있을 것이다
주님의 목적은 모든 사람이
주님의 제자가 되는 것
나의 순종과 열정과 사랑으로
가르침을 받아 가르쳐 지키며 나가야 한다.

**내가 너희에게 명령한 모든 것을 그들에게 가르쳐 지키게 하여라.
보아라, 내가 세상 끝 날까지 항상 너희와 함께 있을 것이다.** (마태복음 28:20)

♣ 묵상 쓰기

구원 향한 믿음

믿음 때문에 구원 받는 것이 아니라
구원 받았다는 사실을
믿음으로 깨닫는 것입니다
회개로 구원받는 것이 아니라
구원 받으므로 회개가 일어나는 것입니다
주님이 이루신 일을 깨달았을 때
뜨겁게 일어나는 회개는 하나의 증표
증표를 통하여 믿음을 쌓아가고
믿음을 통하여 구원의 감사를 드리고
구원을 통하여 구원의 열매를
매일 매일 알차게 만들어야 합니다
주님의 희생 제물이 되셔서 선물로 주어진 구원
더욱더 간절한 믿음을 통해
구원의 열매를 풍성히 만들어 갑니다.

이제 그리스도께서는 죽은 사람들 가운데서 살아나셔서, 잠든 사람들의 첫 열 매가 되셨습니다. (고린도전서 15:20)

✤ 묵상 쓰기

하나님과의 하나 됨

주님 십자가의 소명으로
하나님께 돌아갈 수 있다
속죄의 역사를 통해
하나님은 우리를 이끄신다
영원히 살 수 있는 구원의 길로
구원을 주신 주님의 사랑
우리의 순종과 헌신 때문에
주님이 죽으신 게 아니라
주님께서 순종한 결과이다
모두의 죄로 인해 죽으신 주님으로
우리는 자유함을 얻었고, 주님을 통해
하나님과 우리 사이의 벽을 허물고
하나가 되었다.

나는 그 문이다. 누구든지 나를 통하여 들어오면, 구원을 얻고, 드나들면서 꼴을 얻을 것이다. (요한복음 10:9)

✤ **묵상 쓰기**

진리를 보며

진리는 변하지 않는 것
우리가 알고있는 상식의 차원을 넘어
삶의 구석 구석에
주님의 진리가 살아 숨쉰다
우리의 믿음이 연약하고
의심많고 게으를 때마다
믿음을 단련시키코자 상황을 바꾸시며
용광로 속으로 이끄시는 주님
믿음의 터널을 통과하는 훈련으로
주님의 진리를 바로 볼 수 있다
그 진리가 우리를 자유케 하는 것이다
"진리가 너희를 자유롭게 하리라."

너희는 진리를 알게 될 것이며, 진리가 너희를 자유롭게 할 것이다.
(요한복음 8:32)

✤묵상 쓰기

믿음의 발자취

어느 날 갑자기 믿음이 뚝 떨어져
열매를 맺지 않습니다
믿음은 끝없는 훈련을 통해서
조금씩 조금씩 쌓입니다
내 마음속에 하나님을 향한 신뢰가
자리 잡을 때까지 믿음이
계속 달리도록 뛰어야 합니다
이해되어 믿는 게 아니라
믿어지는 은혜를 받아야
믿음이 바로 섭니다
하나님이 나를 죽이시더라도
나는 주를 의지하겠다는 욥의 고백이
가장 최고의 믿음 고백입니다
최악의 상황 속에서도 하나님을 믿는 믿음
나의 믿음의 발자취를 따라가 봅니다.

믿음이 없이는 하나님을 기쁘게 해드릴 수 없습니다. 하나님께 나아가는 사람은, 하나님이 계시다는 것과, 하나님은 자기를 찾는 사람들에게 상을 주시는 분이시라는 것을 믿어야 합니다. (히브리서 11:6)

✚ 묵상 쓰기

11월

항상 기뻐하라
쉬지말고 기도하라
모든 일에 감사하라

(데살로니가전서 5:16~18)

나의 나된 것은

나의 나된 것은 주님의 은혜
주님과 하나 되는 것
나 자신을 위한 거룩이 아니라
주님과의 뜨거운 복음의 교제
나와는 관계없는 많은 일들이 있을지라도
그 일을 통해
주님과 친교하는 내가 되리라
주님을 향해 뿌리를 내리리라
열매를 맺으리라
주님의 못박힌 손을 잡으며 고백합니다
나의 나된 것은 주님의 은혜
나는 주님의 것.

**내가 주님과 함께 하니, 하늘로 가더라도, 내게 주님밖에 누가 더 있겠습니까? 땅
에서라도 내가 무엇을 더 바라겠습니까? (시편73:25)**

✚ 묵상 쓰기

창조의 연속

주님은 지금도 일하고 계십니다
우리를 통해 일하시기를 원하십니다
순종은 강요하지 않으시나
주님의 사명을 위해 말씀하고 계십니다
자기를 부인하고
자기 십자가를 지고
주님을 따르라고 말씀하십니다
명확한 주님의 기준이 내 앞에 있습니다
순종을 기다리는 주님이시기에
더욱 순종의 길로 나가야 합니다
구속(救贖)의 역사가 한 영혼의 순종으로
나타나면 어느 곳에 있든지
창조의 역사가 계속됩니다.

하나님은 그들을 남자와 여자로 창조하셨다. 그들을 창조하시던 날에, 하나님
은 그들에게 복을 주시고, 그들의 이름을 '사람'이라고 하셨다. (창세기 5:2)

✤ 묵상 쓰기

자아의 부서짐

주님은 기다리십니다
내 안에 자아를 움켜잡고 있는
고집불통이 부서지기를 기다리십니다
나의 인격적 본성이 주님과 하나 되어야
소명의 역사가 이루어집니다
자아의 부서짐이 없이
꿇어 엎드린 무릎은 거짓 경건입니다
거짓 경건은 주님을 버리는 것입니다
마음을 다해 나를 버리고
주님의 종이 되어야 합니다
자아가 부서지는 것이
성도 삶의 시작입니다.

주님 앞에서 자신을 낮추십시오. 그리하면 주님께서 여러분을 높여주실 것입
니다. (야고보서 4:10)

✦ 묵상 쓰기

피로 쓴 결단

또 흔들립니다
믿음은 갈대밭에서 방황하고
구원은 오르락내리락 거리며
진리는 어둠을 향해 비틀거리고
영혼의 갈급함이 생수를 찾습니다
하나님의 진리가 내 영혼에 임했을 때
그 진리를 잡고 나가야 합니다
머뭇거리거나 방황하는 순간
진리는 그대로 떠내려 갑니다
진리의 모습이 보이지 않더라도
의지로 반응해야 합니다
그리고 결단해야 합니다
주님의 십자가를 생각하면서
내 심장의 피로 결단하며
피로 쓴 결단의 글을 펼쳐야 합니다.

너는 마음을 다하여 주님을 의뢰하고, 너의 명철을 의지하지 말아라. (잠언 3:5)

✤ 묵상 쓰기

길고 험한 길

내 십자가만 커 보입니다
나의 길만 험해 보입니다
나 혼자만이 방황하는 것 같습니다
주님은 하나님의 뜻대로
고난의 길을 가셨는데
나는 나의 길에서 십자가를 벗으려 합니다
침묵하시던 주님의 소리가 들립니다
그리스도의 고난에 참여하라고
고통의 방법이 가장 귀한 방법이고
큰 기쁨과 유익을 얻는 길이라고
그 길은 언제나 좁고 길고 험하다고.

**좁은 문으로 들어가거라. 멸망으로 이끄는 문은 넓고, 그 길이 널찍하여서,
그리로 들어가는 사람이 많다. (마태복음 7:13)**

✤ 묵상 쓰기

주께 맡기면

주님께 온전히 맡기는 것이
온전한 믿음입니다
주님께 맡기기를 주저주저 합니다
무엇을 맡겨야 될지 갈등합니다
내게 유익되는 것은 맡기기를 거절합니다
나에게 불리한 것만 주님께 맡기려고 합니다
미래에 성취될 것을 믿는 게 믿음입니다
주님과 얼굴을 맞대고 이야기하듯
자연스럽게 숨쉬는 것처럼
주님께 맡기면 주님이 역사하십니다
주님을 향한 인격적 믿음의 열매를 얻으려면
주님께 온전히 맡겨야 합니다.

네가 하는 일을 주님께 맡기면, 계획하는 일이 이루어질 것이다. (잠언 16:3)

✤ 묵상 쓰기

성령의 인도하심 대로

우리의 모든 것은 하나님의 손에 달려 있다
그러므로 어떤 일이든
성령님의 인도하심을 받아야 한다
나의 의지대로 행하는 것이 아니라
내가 의식하는 삶의 모든 부분에
성령님이 거하시는 성전이 되게 해야한다
성전이 되어진 성도의 삶에 우연이란 없다
내가 이해 할 수 없을지라도
성령님은 전부 이해하신다
나의 삶에 주어지는 상황과 환경과
만나는 사람들 가운데
성령님이 임하셔서 일하고 계신다
내가 나의 의지로 일 하려고 하지말고
성령님의 인도하심을 받는 성도가 되야한다.

하나님의 영으로 인도함을 받는 사람은, 누구나 다 하나님의 자녀입니다.
(로마서 8:14)

✜ 묵상 쓰기

성전인 내 몸

내 몸은 성령님이 계신 곳이다
성령의 전이라는 말씀대로
내 몸이 내 것이라면
나는 아파서도 안 되고
나는 다쳐서도 안 되고
내가 알아서 하므로 굶주림도 없어야 한다
그러나 그럴 수 없기에
성령님이 내 몸을 주관하시기에
나의 잘못을 깨우쳐 주시기 위해
때론 아프고 다치고 힘들게 하신다
내 몸이 성령의 전이다
주님을 위해 더럽혀서는 안 된다
성령님을 모시기 위해
나의 삶의 영역을 지키는 것이
나의 의무이리라.

우리는 그리스도 몸의 지체입니다. (에베소서 5:30)

✤ 묵상 쓰기

진리를 듣는 영혼

세상 유혹은 달콤합니다
그 달콤함에 주님을 잊습니다
이익과 손해를 따라 움직입니다
주님을 잊으려고 멀리 달아납니다
주님의 말씀이 선포 되는데
내가 좋은 것만 들을려고 합니다
서서히 위험이 다가옵니다
내가 영광을 받으려 하기에
진리를 듣지 못합니다
진리가 선포될 때
온 맘을 열어 진리를 듣는
성령충만한 영혼이 되어야 합니다
주님을 높여야 진리가 들립니다.

주님의 손에 나의 생명을 맡깁니다. 진리의 하나님이신 주님, 나를 속량하여 주실 줄 믿습니다. (시편 31:5)

✤ 묵상 쓰기

장애물

내 뜻대로 잘 되기만 바라면서
사는데 집착한다면
하나님의 앞에 장애물을 놓는 것입니다
나의 관심에만 집중한다면
하나님의 관심은
장애물 앞에서 멈춰질 것입니다
삶에서의 장애물은 나의 욕심입니다
세상을 향한 하나님의 목적을 위해
나를 사용하시도록
늘 하나님의 뜻에 일치되는
삶을 살아야 장애물이 없습니다
지금 장애물이 있다면
하나님과 나의 관점은 다르다는 것입니다
하나님과 하나 될 때
모든 장애물은 사라질 것입니다.

그러므로 어리석은 자가 되지 말고, 주님의 뜻이 무엇인지를 깨달으십시오.
|(에베소서 5:17)

✚ 묵상 쓰기

달콤한 쓴 잔

우리는 늘 핑계를 댄다
하나님과의 만남에
빠쁘다 시간없다 약속있다
수많은 핑계의 무덤을 만든다
세상의 유혹은 달콤하지만
그 유혹은 끝은 너무나 씁니다
하나님은 즉각 만나기를 원하시는데
나는 〈늘 생각해 보구요〉라고 한다
삶의 십자가를 보며 갈등한다
십자가는 희생을 요구하는 쓴 잔이다
그러나 주님과 함께하므로
영원한 자유를 누리는
달콤한 잔이다.

> 그러므로 누구든지, 합당하지 않게 주님의 빵을 먹거나 주님의 잔을 마시는 사람은, 주님의 몸과 피를 범하는 죄를 짓는 것입니다. (고린도전서 11:27)

✤ 묵상 쓰기

Christ로의 변화

B - C - D
Birth ... 태어남
Death ...죽음
Birth ... ? ... Death
태어나고 죽는 사이에서의 삶
삶은 변화를 해야만 하는 것
Change ... 변화되어야 삶
변화 없으면 죽는 것
변화를 위해 필요한 것
Challenge ... 도전
Characte .... 인격
무엇보다 중요한 것은
Birth ... ? ... Death
Christ ... 그리스도
주님의 은혜가 내 의식보다
더 깊은 곳까지 영향을 주시기에
오직 Christ, 나의 왕.

> 당신들은 주 당신들의 하나님의 거룩한 백성이요, 주 당신들의 하나님이 땅 위
> 의 많은 백성 가운데서 선택하셔서, 자기의 보배로 삼으신 백성이기 때문
> 입니다. (신명기 7:6)

✤ 묵상 쓰기

사모하는 믿음

믿습니다
입으로만 외치는 것은
꽹과리같이 그냥 의미 없는 소리일 뿐
소리에는 아무런 응답이 없다
우리의 모든 힘을 다하는 믿음
늘 믿음을 사모하는 마음
믿음은 단순한 체험이 아니라
체험을 주신 분이 같이하실 때
빛나는 것
주님을 향한 절대적 확신
주님을 사모하는 믿음
든든히 서가는 믿음
구원의 역사로 이루는 믿음.

우리는 확고한 믿음을 가지고, 참된 마음으로 하나님께 나아갑시다.
우리는 마음에다 예수의 피를 뿌려서 죄책감에서 벗어나고, 맑은 물로 몸을 깨
끗이 씻었습니다. (히브리서 10:22)

✿ 묵상 쓰기

분별함

세상의 눈으로 보면
하나님의 원칙은 안 보입니다
온통 불리한 것만 보입니다
믿는다고 하지만
갈등의 골짜기 속에서
불순종의 욕심을 따르기만 합니다
주님께 끊임없이 달라고만 합니다
주님께 얻기 위해
내가 하는 것은 욕심 가득찬
떼쓰기 억지 게으름입니다
하나님의 경고가 있을 때
분별할 수 있는 지혜를 얻어야 합니다
하나님은 우리가 모르는
놀라운 계획을 갖고 계십니다.

주님께서 기뻐하시는 일이 무엇인지를 분별하십시오. (에베소서 5:10)

✤ 묵상 쓰기

성숙함

보여지는 신앙은 잠깐일 뿐
보이지 않는 신앙이 영원한 것
의식적인 한계가 나를 힘들게 한다
의식적인 예배
의식적인 봉사 그리고 헌신
보여지는 의식은
쉽게 지쳐 심신을 힘들게 한다
주님의 말씀이 들린다
어린이와 같은 삶을 가지라고
순수함 단순함 자연스러움 그리고
성숙한 삶이 되기를 원하시는 주님
주님의 피와 살로 이루어진
성숙한 삶이 되기를 원하신다.

여러분은 인내력을 충분히 발휘하여, 조금도 부족함이 없이 완전하고 성숙한 사람이 되십시오. (야고보서 1:4)

❖ 묵상 쓰기

나를 통해

보여지는 것으로는
일어나지 않는 주님의 역사
거울에 보여지는 내 모습은
단순한 육체의 형태일 뿐
내 속에 하나님의 능력이 있을 때
드러나는 하나님의 영광
가장 인간적으로 만드시고
생기를 불어넣어 영혼을 주시사
성령이 내 안에 계시게 하시네
감추어진 모든 것이 드러나고
삶을 통한 하나님의 영광을 드러나네
나를 통해.

주님은 나의 반석, 나의 요새, 나를 건지시는 분, 나의 하나님은 내가 피할 바위, 나의 방패, 나의 구원의 뿔, 나의 산성이십니다. (시편 18:2)

✜ 묵상 쓰기

먼저 버려야

한 단계 더 오르려면
지금 계단을 버려야 한다
2루로 달리려면 1루를 버려야 한다
변화된 삶을 이루려면
과거의 나를 버려야 한다
믿음의 삶을 살려면
불신의 삶을 버려야 한다
새생명을 얻고자 한다면
불순종의 삶을 버려야 한다
나를 따르라는 주님의 말씀에
나의 모든 것을 버려야 한다
더 가치있는 것을 얻으려면
지금 움켜쥔 것을 놓아야 한다.

네 오른 눈이 너로 하여금 죄를 짓게 하거든, 빼서 내버려라. 신체의 한 부분을 잃는 것이, 온몸이 지옥에 던져지는 것보다 더 낫다. (마태복음 5:29)

✤묵상 쓰기

자유케 되는 자유

내 마음대로 할 수 있는 것처럼 보이지만
내 마음대로 할 수 있는게 하나도 없는 세상
내 의지대로 자유로울 수 있다고
생각하는 교만함
내 몸 하나도 내 마음대로 할 수 없음을
고백하는 겸손함을 멀리하고
주님의 부르심에 할 수 없다며
불순종을 의지로 나타내는 자유
나의 고집, 나의 능력, 나의 의지는 모두
하나님께 나아가는 길을 막는 것들
주님 주시는 자유함을 얻어야
참으로 자유로울 수 있다는 진리.

여러분은 자유인으로 사십시오. 그러나 그 자유를 악을 행하는 구실로 쓰지 말고, 하나님의 종으로 사십시오. (베드로전서 2:16)

✤묵상 쓰기

그 아픔 그대로

하나님의 마음을 아프게 했던 십자가
해골의 곳
골고다의 험한 십자가
하나님의 사랑이 머물렀던 십자가
구원을 통해
새로운 역사가 이루어져
새로운 세상이 시작되었다
형언할 수 없는 아픔
십자가에 물들여지고
생명 없는 십자가에
새로운 생명의 싹이 돋아
그 아픔 모두 다 품고
사랑의 꽃 피우시네.

**하나님께서는 우리에게 불리한 조문들이 들어있는 빚문서를 지워 버리시고, 그
것을 십자가에 못박으셔서, 우리 가운데서 제거해 버리셨습니다.**
(골로새서 2:14)

✜ 묵상 쓰기

은혜의 기적

거룩함을 이루기 위해
죄악을 지시고 십자가로 이루신
속죄의 사랑
그 사랑을 나의 삶에서
놀랍게 나타내어야
거룩한 길로 갈 수 있네
깨달음!
모든 죄를 용서하신 보혈의 사랑
그 은혜의 기적이
지금도 펼쳐지네.

주님은 기적을 행하시는 하나님이시니, 주님께서는 주님의 능력을 만방에 알리셨습니다. (시편 77:14)

✤묵상 쓰기

다 이루었다

인류의 구속(救贖)을 위한

마지막 외침

인류의 역사 속에서

하나님의 마음을 실현한 외침

죄는 미워하시나

사람을 사랑하시는 사랑의 외침

인류를 향한

따스하고 복된 평화의 외침

이 땅에 오셔서

죽어야 이루어지기에

죽음으로 이루신 구원의 외침

모든 것 다 이루신

마지막 외침.

또 나에게 말씀하셨습니다. "다 이루었다. 나는 알파며 오메가, 곧 처음이며 마지막이다. 목마른 사람에게는 내가 생명수 샘물을 거저 마시게 하겠다."
(요한계시록 21:6)

✤ 묵상 쓰기

작은 것 하나라도

아주 작은 것 하나에도
주님의 음성이 있다
그물 한 번 던졌을 때
놀라운 일이 일어나듯
사소한 일에
심오한 것들을 더해 주시는 주님
추한 말구유에서
시작하신 하나님의 사랑
오직 하나님에게만 보여 드려야 할
나의 작고 작은 것들
무의식에서 싹트는 작은 교만이
십자가의 영광을 가린다.

겨자씨는 어떤 씨보다 더 작은 것이지만, 자라면 어떤 풀보다 더 커져서 나무가 된다. 그리하여 공중의 새들이 와서, 그 가지에 깃들인다. (마태복음 13:32)

✤ 묵상 쓰기

나를 지키는 것

다른 사람들과 비교하여
나를 높이는 것은
분열과 갈등의 시작입니다
내가 나를 지키려고
다른 사람에게
나의 욕구를 강조하는 것은
영적 성장을 막는 것입니다
그리하면 하나님의 음성은 사라지고
하나님과의 교제는 차단되고
영혼 깊숙이 원수가 자리 잡습니다
나를 지켜 주시는 분은 주님
나를 지키게 하는 것은
나를 위하는 이웃들의 중보기도
하나님의 말씀을 지키는 것이
나의 영혼을 아름답게 지키는 것.

우리가 하나님의 계명을 지키면, 이것으로 우리가 하나님을 참으로 알고 있음을 알게 됩니다. (요한1서 2:3)

✚ 묵상 쓰기

위험해질 때

하나님을 향해 고정된
성도의 눈
하나님을 향해 걸어가는
성도의 발
하나님을 향해 나아가는
성도의 삶
오직 하나님을 의지하며 나갈 때
참된 자유를 누린다
하나님을 의지하지 않으려 할 때
눈은 세상을 보고
발은 욕심으로 가고
삶은 영적 쇠약에 빠져든다
위험해 질 때
하나님과 나 사이에 끼어든
세상 유혹의 벽을 부숴야 한다.

"너희는 유혹에 빠지지 않도록, 깨어서 기도하여라. 마음은 원하지만, 육신이
약하구나." (마가복음 14:38)

✥ 묵상 쓰기

나의 자랑

주님만이 나의 자랑입니다
흔들릴 수밖에 없는 삶
빛으로 인도하여 주시고
말씀으로 강하게 하시며
고난을 통하여
진정한 유익을 알게 하시고
묵상을 통하여
주님의 음성을 듣게 하시고
보혈로 삶의 방향을 알게 하시고
고통 속에서 한 줄기 희망을 주시고
나를 나되게 하사
나의 귀함을 알게 하시고
너무도 많은 것 주셔서
누리며 살게 하신 주님
주님만이 나의 자랑입니다.

우리는 언제나 우리 하나님만 자랑합니다. 주님의 이름만 끊임없이 찬양하렵니다. (시편 44:8)

✤ 묵상 쓰기

집중

세상은 우리의 시선을 분산시킵니다
우리 의지와 상관없는 수많은 곳으로
분산은 무질서와 혼란을 일으킵니다
집중하지 않으면 무너집니다
영혼의 무너짐은
죄악의 길로 가게되는 지름길
영적 나약함에 빠지기 전에
영적능력의 가장 위대한 곳
모든 능력이 시작되고
모든 능력이 완성되는
보혈에 집중하여야 합니다
골고다 구속(救贖)의 의미
이보다 더 큰 사랑은 없기에.

그분의 십자가의 피로 평화를 이루셔서, 그분으로 말미암아 만물을, 곧 땅에 있는 것들이나 하늘에 있는 것들이나 다 자기와 기꺼이 화해시키셨습니다.
(골로새서 1:20)

✚ 묵상 쓰기

세상의 빛 되어

죄에서 구원 받았으나
여전히 죄 가운데 있습니다
믿음생활은 하고 있으나
믿음의 근본은 모르고 있습니다
기도는 하고 있으나
염려는 그치지 않습니다
성도의 모습은 있으나
성도의 생활은 걸음마입니다
십자가를 보고 있으나
십자가를 지려고 하지 않습니다
성도는 세상에 속해 있으나
세상과 구별된
그리스도 사랑의 옷을 입은
세상을 밝히는 빛입니다.

진리를 행하는 사람은 빛으로 나아온다. 그것은 자기의 행위가 하나님 안에서 이루어졌음을 드러내려는 것이다. (요한복음 3:21)

✚ 묵상 쓰기

선물

선물은 사랑이다
완벽한 사랑은 주님을 통해서 온다
하나님과의 인격적 관계
우리 속에서 역사(役事)하는 사랑
영적으로 가난해져 진정
성령 충만함을 간구하는 것
십자가 보혈의 사랑은
주님 주신 대가없는 사랑의 선물
선물의 가치는
하나님을 통해 이루어 지는 것
살아 계시는 하나님을 만나는 것
모든 것 주시는 하나님의 사랑 안에
산다는 것이 곧 선물이다.

우리는 세상의 영을 받은 것이 아니라, 하나님에게서 오신 영을 받았습니다. 그것은, 하나님께서 우리에게 은혜로 주신 선물들을 우리로 하여금 깨달아 알게 하시려는 것입니다. (고린도전서 2:12)

✤ 묵상 쓰기

매일 매일 변화되어

무한하신 주님
구원 그 자체시며
하나님의 복음이신 주님
거듭남이 없으면 볼 수 없는 주님
주님의 인격을 알고 행하는 삶 속에서
열정적인 헌신이 있을 때
다가오는 경건의 빛
나를 위해 이루신 수많은 일들
내 안에서 영혼의 빛으로
살아 역사하시는 주님
어제와 다른 나를 만나고
오늘 변화된 나를 통해
매일 매일 믿음의 열매가 자라며
주님과 더욱 하나 되리라.

여러분은 이 시대의 풍조를 본받지 말고, 마음을 새롭게 함으로 변화를 받아서, 하나님의 선하시고 기뻐하시고 완전하신 뜻이 무엇인지를 분별하도록 하십시오. (로마서 12:2)

✚ 묵상 쓰기

겸손한 고백

그 어떤 것도 끊을 수 없는
주님과의 하나 됨
성령으로 이어진 인격적 관계
그럼에도 너무도 많은 부족함과
흔들리는 구원에 아파하고
형식적인 거룩에 한숨 쉬며
세상을 의지하며 염려하네
구원 받음과 거룩해진 것을 고백하고
겸손한 자세로 나아가며
하나님을 드러낼 때
삶으로 이끄소서
삶으로 이끄소서
하나님의 영광을 위해.

**우리는 예수로 말미암아 끊임없이 하나님께 찬미의 제사를 드립시다.
이것은 곧 그의 이름을 고백하는 입술의 열매입니다. (히브리서 13:15)**

✣ 묵상 쓰기

12월

내가 곧 길이요 진리요 생명이니
나로 말미암지 않고는 아버지께로 올 자가 없느니라

(요한복음 14:6)

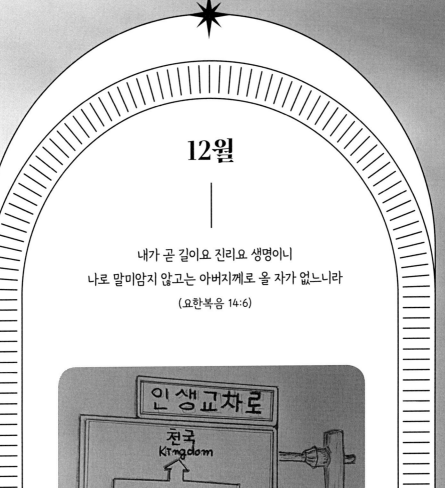

도우시는 주님

우주에서 가장 살기좋은 땅
태양을 중심으로 돌고 돌며
스스로 돌며 1년 365일을 만들고
계절을 만들며
하루를 만들고
달을 통해 밀물과 썰물을 주시며
밤으로 쉬게하는 평안함을 주시고
산과 바다 그리고 하늘을 통해
온갖 의식주를 베푸시며
죽을 수밖에 없는 우리 모두를
사망의 권세에서 구원해 주신 주님
모든 것에 모든 것을 통하여
분분초초 우리를 도우시는 주님.

주님께서 나를 도우셨기에 나 이제 주님의 날개 그늘 아래에서 즐거이 노래하렵니다. (시편 63:7)

✤ 묵상 쓰기

주님의 부르심

오늘도 우리를 부르시는 주님
주님과 완전한 관계 속에서
살기 원하시며 지금도 부르십니다
나의 삶을 통해
다른 사람의 삶 속에서
하나님을 향한 뜨거운 갈망이
일어나도록 부르십니다
내가 힘들고 어렵고 아파도
기다리고 기다리시며 부르십니다
주님과의 살아있는 관계가 되기를
원하시면서 부르십니다
내가 잠시 주님을 잊은채 살아가도
주님은 잊지 않고 부르십니다
나를 합당한 곳으로 이끄시기 위해
쉬지않고 부르십니다
그 부르심에 모든 것 내려놓고
주님을 따르렵니다.

하나님께서는 이미 정하신 사람들을 부르시고, 또한 부르신 사람들을 의롭게 하시고, 의롭게 하신 사람들을 또한 영화롭게 하셨습니다. (로마서 8:30)

✜ 묵상 쓰기

뿌리

깊이 내려갑니다
필요한 영양분을 끌어 올립니다
어둠을 이겨냅니다
흔들리지 않습니다
하나가 되도록 밑받침이 됩니다
주님께 내리는 뿌리는 깊을수록 좋습니다
주님은 사랑과 성령이 충만한
영양분을 주십니다
어떤 어려움이 와도
이길 수 있는 빛을 주십니다
어떤 상황속에서도 흔들리지 않습니다
주님께 뿌리를 내리면
주님은 우리를 통해
세상의 빛과 소금이 되게 하십니다.

내가 주님께 범죄하지 않으려고, 주님의 말씀을 내 마음 속에 깊이 간직합니다.
(시편 119:11)

✛ 묵상 쓰기

세상을 이긴 자

세상의 전쟁은
욕심을 잉태한 육신의 사망입니다
모두가 패자입니다
육신의 전쟁은
이익만을 위한 몸부림입니다
건강한 생각이 없으면
건강한 영혼도 없습니다
세상의 법에는 구원은 없습니다
죄의 크고 작음에 따라
육신을 멈추게 합니다
세상은 환난의 연속입니다
그러나 주님과 하나 되어
담대하게 나아가면 반드시
세상을 이깁니다.

세상을 이기는 사람은 누구입니까? 예수가 하나님의 아들이심을 믿는 사람이 아니고 누구겠습니까? (요한1서 5:5)

✢ 묵상 쓰기

내 무릎을 꿇고

주님 앞에 나의 무릎을 꿇습니다
하나님의 은혜를 헛되지 않게 하려고
굳게 다짐합니다
이미 구원 받았음에 감사드리며
내 영혼 속에 이루신 하나님의 일을
나의 삶을 통해 나타내고자
무릎을 꿇습니다
주님의 생명이 이 몸을 통해
나타나기를 원합니다
하나님의 다스림이 내 속에 있기를 원합니다
세상의 유혹에 굴복 당하지 않도록
무릎 꿇고 기도합니다
나의 잘못에 핑계대고
합리화시키지 않도록 간구합니다
하나님이 주신 성령의 전인 내 몸
거룩한 산 제사가 되도록 내 무릎을 꿇습니다.

오너라, 우리가 엎드려 경배하자. 우리를 지으신 주님 앞에 무릎을 꿇자.
(시편 95:6)

✤ 묵상 쓰기

약속

모든 사람들은 구원 받았지만
때때로 구원을 잊고 지냅니다
"내가 구원받았나"
의심하며 삶을 돌아봅니다
내게 필요한 모든 것을
주님이 다 주시기를 간구하며 기다립니다
"주님, 이뤄 주세요"
하나님은 이미 모든 걸 다 이루셨습니다
"다 이루었다" 하신
주님의 마지막 약속을
우리는 믿지 않고 의심의 길을 걷습니다
하나님이 우리를 구원하시기 위해
독생자를 주신 것처럼
우리도 주님과의 약속을 위해
주님께 더욱더 가까이 나가야 합니다
구원의 약속을 이루기 위해
끊임없는 훈련이 필요합니다.

하나님께로 가까이 가십시오. 그리하면 하나님께서 가까이 오실 것입니다.
죄인들이여, 손을 깨끗이 하십시오. 두 마음을 품은 사람들이여, 마음을 순결
하게 하십시오. (야고보서 4:8)

✤ 묵상 쓰기

죄와 회개

의식적인 죄
무의식적인 죄
나는 죄인입니다
진정한 회개는 하나님이 주십니다
죄인의 몸을 가지고
내가 선하다는 의식을 갖는 것은
천국의 문앞에서 무너집니다
죄의 울타리를 서성대는 우리들
회개의 문으로 들어가야 합니다
죄를 용서 받아야
거룩의 자리에 들어섭니다
죄를 실수로 생각하는 어리석음은
회개가 아니라 죄의 구렁텅이로
깊게 깊게 빠지는 것입니다
진정한 회개가 없으면
늘 어둠의 바닥에 놓이게 됩니다.

하나님의 뜻에 맞게 마음 아파하는 것은, 회개를 하게 하여 구원에 이르게 하므로, 후회할 것이 없습니다. 그러나 세상 일로 마음 아파하는 것은 죽음에 이르게 합니다. (고린도후서 7:10)

✤ 묵상 쓰기

열린 문으로

십자가의 보혈을 지나야

문이 열립니다

세상에서 내가 누구인지

어떤 사람인지는 중요하지 않습니다

세상에서의 삶이 아무리 훌륭해도

주님의 보혈을 통해

하나님께 가기 때문입니다

보혈을 모르면 기도 응답이 없고

닫힌 문 앞에서 어쩔 줄 모릅니다

내 열성과 종교성으로는

다른 문으로 빠지기 쉽습니다

내가 져야 할 십자가를 지고

주님의 보혈을 따르면

열어 놓으신 단 하나의 문

그 열린 문으로 들어가게 됩니다.

내가 너희에게 말한다. 구하여라, 그리하면 너희에게 주실 것이다. 찾아라, 그리하면 찾을 것이다. 문을 두드려라, 그리하면 너희에게 열어 주실 것이다. (누가복음 11:9)

❖ 묵상 쓰기

나를 부인하고

주님을 따르려면
나의 모든 것을 내려놓아야 한다
주님을 멀리하려는 나를
십자가 보혈에 장사지내야 한다
자연적인 삶이 영적인 삶이 아니기에
나를 희생시켜야 영적으로 회복될 수 있다
초자연적인 삶이 되는 길에는
오직 주님의 길만 있다
실제로 나를 부인하고
나를 희생시키는 것이 기도이다
주님, 나는 주님의 것입니다
이 육체를 내가 지고 가야할
십자가에 못을 박습니다.

누구든지 자기를 높이면 낮아질 것이요, 자기를 낮추면 높아질 것이다.
(누가복음 14:11)

✤ 묵상 쓰기

살아 있는 좋은 열매

모든 과정을 잘 거쳐야
좋은 열매가 된다
좋은 열매가 되어야
하나님의 약속을 이룬다
거친 광야를 통과하는 것
희생을 통해 영적으로 변화되는 것
훈련되어야 좋은 열매가 되는 것
시냇가에 심긴 나무에서
열리는 열매들
어떤 대가를 치르더라도
구원해 주신 주님께
나의 최선을 드리는 것
좋은 열매는 시련의 터널을 통과하면서
훈련되며 만들어진다.

그는 뜻을 정하셔서 진리의 말씀으로 우리를 낳아주셨습니다. 그리하여 그는 우리를 피조물 가운데 첫 열매가 되게 하셨습니다. (야고보서 1:18)

✤ 묵상 쓰기

껍질을 깨뜨리고

나를 포장하는 것들
내 안에 담겨져 있는 것을
보호하기 위한 위장된 것들
영적인 삶을 가로막는 것들
하나님과의 인격적 관계를
무너뜨리는 것들
믿음을 방해하는 것들
이런 껍질을 깨고
주님께 가까이 갑니다
순종의 길을 갈 때
성령님께 항복할 때
나의 모든 것 포기할 때
껍질은 깨지고 참생명이 나오리라.

사람을 겉모양으로 판단하지 않으시고 각 사람의 행위대로 심판하시는 분을
여러분이 아버지라고 부르고 있으니, 여러분은 나그네 삶을 사는 동안 두려운
마음으로 살아가십시오. (베드로전서 1:17)

✚ 묵상 쓰기

나를 아시는 분

내가 누구인지
나도 나를 모릅니다
바다의 작은 섬 밑
그 광대함과 깊이를 알 수 없듯이
내가 누구인지 나는 모릅니다
내가 나를 헤아릴 수 없습니다
나의 나됨은 오직
하나님의 사랑입니다
나를 아시는 분은
나를 창조하신 하나님뿐입니다.

주님은 사람의 마음을 지으신 분, 사람의 행위를 모두 아시는 분이시다.
(시편 33:15)

✝ 묵상 쓰기

새로운 창조

내 영혼 깊은 곳에
주님의 사랑 넘치고
주님과의 친밀한 관계속에
나의 기도 대상자가 처한
모든 상황을 같이 나누며
주님 앞에 아뢰고
주님의 음성을 듣습니다
한 영혼의 변화는
우리의 열정적 도움의 기도로
변화되는 것이 아니라
오직 주님의 샘솟는
생수의 샘을 마실 때 이루어집니다
한 영혼을 얻는 것은 새로운 창조입니다.

새 사람을 입으십시오. 이 새 사람은 자기를 창조하신 분의 형상을 따라 끊임 없이 새로워져서, 참 지식에 이르게 됩니다. (골로새서 3:10)

✢ 묵상 쓰기

환난과 평강

어려움이 닥치면
불만과 염려가 먼저 다가옵니다
하나님을 향한 원망도 다가옵니다
언제나 잘못은 나에게 있는데
나의 죄성이 먼저 나를 흔듭니다
환난은 내 의지만 갖고 있고
하나님을 잊으므로 다가옵니다
성령의 권위가 소멸되는 순간
환난은 지름길을 타고 다가옵니다
순종을 멈출 때 의심이 싹이 트고
환난이 꿈틀거립니다
진정한 순종의 길을 갈 때
측량할 수 없는 평강이 임합니다
천국의 기쁨이 증가됩니다.

선한 일을 하는 모든 사람에게는, 먼저 유대 사람을 비롯하여 그리스 사람에게 이르기까지, 영광과 존귀와 평강을 내리실 것입니다. (로마서 2:10)

✤ 묵상 쓰기

고난의 잔

하나님의 진리는
조금도 변함없이
모든 것에 존재합니다
진리를 모르고
진리를 의심하는 것은
아무런 유익이 없습니다
하나님의 진리를 믿고
적극적으로 알리는 것이
참된 일꾼으로 인정된 자입니다
하나님의 진리 때문에
내 몸이 고난의 잔에 담긴다면
고난이 나에게 유익합니다.

내가 고난의 길 한복판을 걷는다고 하여도, 주님께서 나에게 새 힘 주시고,
손을 내미셔서 내 원수들의 분노를 가라앉혀 주시며, 주님의 오른손으로 나를
구원하여 주십니다. (시편 138:7)

✚ 묵상 쓰기

기도의 씨름

하나님이 원하시는 것은 무엇일까
달라고 떼쓰는 기도는 기도가 아니다
우리는 하나님과 씨름하는 것이 아니라
기도를 가로막고 있는 모든 것들과
기도의 씨름을 해야 한다
기도를 통하여 하나님의 역사를 이루려면
그리스도 안에서 온전해야 한다
기도의 씨름을 하기 전에
하나님의 전신 갑주로 무장해야 한다
하나님의 뜻에 맞는 기도의 씨름으로
하나님의 뜻을 이루어야 한다
자신의 생각대로 하나님의 뜻을
남발해서는 안 된다
하나님과 씨름하는 것이 아니라
하나님께 가까이 가기 위한
기도의 씨름이 우선되야 한다
기도의 씨름, 하나님을 향한
열정의 땀을 요구한다.

예수께서 고뇌에 차서, 더욱 간절히 기도하시니, 땀이 핏방울같이 되어서 땅에 떨어졌다. (누가복음 22:44)

✤ 묵상 쓰기

구속(救贖)의 은혜

십자가 보혈로 주신 선물
구속의 사랑
우리 모두 안에 하나님의 생명이
새롭게 창조되고
그 생명에 속한 모든 것들도
창조되었기에
우리 영혼 안에서 역사하는
성령으로 복음을 전하고
복음을 통하여
구속의 진리가 전파되어
새 생명이 창조되는 역사를 보며
구하면 주신다는 진리 속에 가득 찬
은혜의 선물
그 구속의 사랑.

우리는 이 아들 안에서 하나님의 풍성한 은혜를 따라 그의 피로 구속 곧 죄 용서를 받게 되었습니다. (에베소서 1:7)

✤ 묵상 쓰기

충성된 영혼

삐뚤어진 마음을 버리고
마음의 중심이 되는 신실함과
기도하는 마음으로 주님께 나아갑니다
드러나는 행동만으로
충성을 다했다고 만족하는 것은
주님께 충성하지 않은 것입니다
내가 사람을 바라보며 일하는 것이
충성이 아니라
하나님이 나를 통해 일할 수 있도록
몸과 마음을 준비하는
신실한 성도가 되어야 합니다
기적을 바라면서 충성하는 것이 아니라
영혼의 아름다움을 품고
어떤 상황에서도 흔들리지 않는
충성이 되어야 합니다.

하나님만이 나의 반석, 나의 구원, 나의 요새이시니, 나는 결코 흔들리지 않는
다. (시편 62:2)

✤ 묵상 쓰기

무너진 에덴

말씀이 상실되어 버린 곳
순종이 사라져 버린 곳
합력하여 선을 이루지 못하는 곳
잘못을 떠넘기기 바쁜 곳
평화가 잿더미가 된 곳
화염검이 막아 버린 곳
무너짐이 시작된 최초의 땅, 에덴

예배 참석에 게으름이 싹트는 마음
세상 욕망이 가득 찬 마음
받는 것에만 만족하는 마음
내 욕구만을 충족 되기를 바라는 기도
신실한 마음이 없이 행하는 헌신의 고달픔
죄에 대한 합리화를 통한 자위
오늘의 무너져 가는 땅, 에덴.

땅에 있는 우리의 장막집이 무너지면, 하나님께서 지으신 집, 곧 사람의 손으로 지은 것이 아니라 하늘에 있는 영원한 집이 우리에게 있는 줄 압니다.
(고린도후서 5:1)

✤ 묵상 쓰기

영혼의 위로

인간적인 따스한 위로는 그때뿐입니다
세상이 주는 수많은 위로는
위로를 빛내기 위한 위로입니다
그리스도의 보혈이 빠진 위로는
형식적인 행사일 뿐입니다
세상이 주는 위로를 가지고
하나님께 갈 수는 없습니다
보여지는 위로도 필요하겠지만
그리스도의 사랑을 품고 위로해야 합니다
십자가 보혈로 안아주는 위로
영혼 구원의 길로 인도하는 위로
주님과 하나 되는 감격의 위로
세상이 줄 수 없는 거룩한 말씀의 위로가
영혼의 아름다움을 갖게 됩니다.

온갖 환난 가운데에서 우리를 위로하여 주시는 분 이십니다. 따라서 우리가 하나님께 받은 위로로, 우리도 온갖 환난을 당하는 사람들을 위로할 수 있습니다. (고린도후서 1:4)

✠ 묵상 쓰기

성령의 둑

둑이 무너져
거센 물줄기가 밀려옵니다
가두어 두었던 욕심들
시기 질투 권력 명예 물질이
휘돌아 나가며
가득찬 교만과 어울려
하늘을 찌를 때
성령께서 터뜨린 둑
모든 악의 근원을 순식간에
쓸어버리고 새롭게 쌓아 가는
성령의 둑
새롭게 거두어야 할
성령 충만의 은혜.

다툼의 시작은 둑에서 물이 새어 나오는 것과 같으니, 싸움은 일어나기 전에 그만 두어라. (잠언 17:14)

❖ 묵상 쓰기

한계의 종착역

나의 의지를 부둥켜 안고
세상역을 출발합니다
사람들과 의지(意志) 시합을 하며
으스대며 자랑합니다
믿음이 좋다는 말에 우쭐합니다
믿음도 의지로 빛내기 위해 노력합니다
의지를 막는 것에 분노합니다
내 자신의 한계는 없다고 자부합니다
노력만 하면 다 된다고 큰소리칩니다
감정이 가는 대로 뛰다가
알 수 없는 곳에서 탈선합니다
더 이상 갈 수 없어 주저 앉으며
나의 한계를 느끼는 종착역
눈물이 주루룩
나의 연약함을 알고
무릎꿇고 회개할 때
영혼을 일으키시는 주님의 따스한 손길
천국행 열차로 갈아 탑니다.

내 영혼이 연약할 때에 주님은 내 갈 길을 아십니다. 사람들은 나를 잡으려고 내가 가는 길에 덫을 놓았습니다. (시편 142:3)

✠ 묵상 쓰기

죽음의 서약

나는 지금 죽겠습니다
어제의 나를 죽이겠습니다
지금 죄에 대한 죽음을 서약하며
그리스도의 보혈을 품고
나의 십자가를 지고 가겠습니다
주님 떠나서는 아무것도 할 수 없기에
내 안에 주님과 함께 살기 위하여
죄를 십자가에 못 박으며
새롭게 태어났습니다
환희의 송가가 울려 퍼지며
이전 것은 지나갔으니
보라 새것이 되었도다.

마음의 영을 새롭게 하여, 하나님의 형상을 따라 참 의로움과 참 거룩함으로 지으심을 받은 새 사람을 입으십시오. (에베소서 4:23~24)

✤ 묵상 쓰기

안전지대

세상 어디에도 안전한 곳은 없다
집 안에도 불안이 스며들고
문 밖을 나서면 온통 위험이 넘실대고
수많은 의심덩어리가 널려져 있다
어지럽게 쌓여만 가는
불신불안불편부정부도덕부패음모거짓
기우뚱 거리는 세상의 가시들
하나님 없이 살아 보려는 삶의 함정들
안전지대 없는 세상에서
안전지대로 이끄시는 주님
내 걸음을 넓게 하시고
실족치 않게 이끄시는 주님
거룩한 삶이 가장 안전한 삶
주님 주신 소망의 길을 따라
빛 가운데로 가면
그곳에 찬란히 빛나는 안전지대가 있다.

**주님께서 나를 멸망의 구덩이에서 건져 주시고, 진흙탕에서 나를 건져 주셨네.
내가 반석을 딛고 서게 해주시고 내 걸음을 안전하게 해주셨네. (시편 40:2)**

✤ 묵상 쓰기

*베들레헴(Bethlehem)

주님,

이 몸을 베들레헴되게 하소서

죄 많은 세상에 오셔서

죄 없는 세상을 만드시려고

하나님으로부터

인간의 역사 속으로 오신 것처럼

주님으로부터 시작된 새로운

베들레헴 속으로

이 몸이 들어가게 하옵소서

그리하여 나의 모든 것 하나님께

완전하게 드릴 수 있게 하옵소서

구원의 감사가 늘 이루어지는

베들레헴이 되게 하소서.

*베들레헴:예루살렘 남쪽 예수님의 탄생지

성경은 그리스도가 다윗의 후손 가운데서 날 것이요, 또 다윗이 살던 마을 베들레헴에서 날 것이라고 말하지 않았는가? (요한복음 7:42)

♣ 묵상 쓰기

빛 가운데로

모든 것이 드러나는
빛 가운데로
아무것도 감출 수 없는
빛 가운데로
세상의 빛을 넘어
주님의 빛 가운데로
죄로 덮힌 어둠을 지나
말씀의 빛 가운데로
구속의 사랑을 뜨겁게 품고
성령의 절대적 빛 가운데로
놀라운 계시가 펼쳐지는
그 빛 가운데서
순결하신 주님을 통하여
비로소 거듭난 나를 만난다.

모든 것이 그로 말미암아 창조되었으니, 그가 없이 창조된 것은 하나도 없다.
창조된 것은 그에게서 생명을 얻었으니, 그 생명은 사람의 빛이었다.
그 빛이 어둠 속에서 비치니, 어둠이 그 빛을 이기지 못하였다. (요한복음 1:3~5)

✤ 묵상 쓰기

삶의 분기점

영과 육의 싸움에 흔들리는 삶
육신의 나태함은 무뎌져 가며
영혼의 그림자를 끌어 당긴다
보이는 것과
싸워 이기려는 의지에
보이지 않는 것과
이길 수 없는 안타까움
잠시 사는 곳보다
영원히 죽지 않는 곳에서
하나님은 하나님의 일을 이루시기 위해
극한 상황으로 이끄시는
하나님의 놀라운 계획에
선택의 기로에서 할 수 있는 것은
나를 주님께 가도록 해야 한다
삶의 분기점에서 하나님을 향하여
나의 순종의 발길을.

주님의 말씀을 지키려고, 나쁜 길에서 내 발길을 돌렸습니다. (시편 119:101)

✤ 묵상 쓰기

찌꺼기가 쌓일 때

우리를 부르는 주님의 음성

새사람이 되길 바라시는 주님의 말씀

그러나 변화를 주저주저하는 우리들의 삶

예배는 드리나 세상 염려는 쌓여가고

기도는 하나 요구사항만 나열되고

봉사는 하나 겉치레 가면을 쓰고 있고

헌금은 드리나 의례적 습관이 되고

삶 속에는 쌓여가는 교만과 허식

주님은 잠시 뒷전에

순종의 그릇에는 삶의 찌꺼기만 쌓일 때

성령의 터전은 흔들거리기 시작한다

세상 짐 내려놓고

내 십자가 지고

오직 아버지 품으로.

내 영혼아, 네가 어찌하여 그렇게 낙심하며, 어찌하여 그렇게 괴로워하느냐? 너는 하나님을 기다려라. 이제 내가 나의 구원자, 나의 하나님을 또 다시 찬양하련다. (시편 42:11)

✚ 묵상 쓰기

소망과 열정

여명(黎明)의 빛을 안고
하루를 시작할 때
성령 감화 감동이 넘치는
크나큰 보혈의 은혜
흔들림없는 굳건한 반석 위에서
세상을 이기며
전진하는 소망과 열정을 품게 하소서
순종의 기쁨으로 모두에게
화평을 나눠주고
공동체 한가운데서
진리를 세워가며
나보다 남을 높이며
아웃을 품고 또 품으며
구원의 빛을 전하게 하소서.

우리는 또한, 그리스도로 말미암아 지금 서 있는 이 은혜에 자리에 믿음으로 나아오게 되었으며, 하나님의 영광에 이르게 될 소망을 품고 자랑을 합니다.
(로마서 5:2)

✤ 묵상 쓰기

부활 생명

주님께 묻고 응답받기 전에
나의 생각이 앞서 갑니다
나의 행동이 우선입니다
지금 해왔던 나의 의지를
더 소중하게 여깁니다
타락한 세상의 것들을
버리지 못하는 어리석음에
하나님의 새생명이 들어오지 못합니다
우리가 소유한 모든 것들은
전부 주님께 속한 것임을 고백하며
주님이 주시는 새생명으로 들어갈 때
다시 사신 주님을 만날 수 있고
우리도 거듭난 생명으로 태어납니다.

하나님께서는 우리를 구원하셨습니다. 그분이 그렇게 하신 것은, 우리가 행한 의로운 일 때문이 아니라, 그분의 자비하심을 따라 거듭나게 씻어주심과 성령으로 새롭게 해 주심으로 말미암은 것입니다. (디도서 3:5)

✤ 묵상 쓰기

주님 품 안에서

나의 잘못된 옛 모습의 교훈들
미래를 위해
귀한 영적 거름으로 삼고자
나의 삶에 깊은 곳에 묻습니다
오늘도 순간순간 잘못된 길을
가려고 할 때
옛 모습을 기억케 하시는
주님의 사랑에 변화의 길을 걷습니다
늘 앞서가시며
바른 길로 이끄시는 주님
주님의 길을 따라 나아가며
과거의 못났던 자아와 불순종 염려 등
모두 십자가에 못박고
주님의 품 안에서
찬란한 미래를 향해 나아갑니다.

여러분이 전에는 하나님에게서 멀리 떨어져 있었는데, 이제는 그리스도 예수 안에서 그분의 피로 하나님께 가까워졌습니다. (에베소서 2:13)

✤ 묵상 쓰기

우리가 만난 후, 당신이 나를 잊는다 해도
당신은 잃은 것이 전혀 없습니다
그러나 당신이 예수 그리스도를 만난 후
그 분을 잊는다면 당신은 모든 것을 잃게 됩니다.

『우리가 여호와를 알자
힘써 여호와를 알자.(호세아6:3)』